UN

Janine Boissard, écrivai
et pour le cinéma en ta
des adaptations de rom
sées.
Janine Boissard a publi
famille; L'Avenir de E
femme neuve; Moi, Pauline.

Elle s'appelle Claudine, elle a quarante-cinq ans et c'est une femme heureuse. De tout son cœur, durant vingt-cinq années, elle s'est consacrée aux siens, à « la maison ». Ses enfants, depuis peu, volent de leurs propres ailes. Et voici qu'un jour son mari lui annonce qu'il la quitte.
Il a cinquante ans et, dans cette vie qu'elle trouvait si douce, lui se sentait étouffer. Il a décidé de vivre autrement, ailleurs. Claudine comprend qu'il ne reviendra pas.
C'est d'abord la chute, vertigineuse; l'apprentissage de la solitude, la question torturante : « Aurais-je pu empêcher cela? ». Ce sont, très vite, les problèmes matériels : il faut trouver un travail! Et dans un monde difficile, de quelles armes dispose une femme qui n'a jamais exercé d'autre métier que celui de « femme à la maison? »
Deux mains se tendent vers Claudine : celle de son père qui vit à la campagne et lui a appris à partager son amour de la nature, et la main de celui qui lui apportera la tendresse : Florent.
Alors commence la remontée. Non, Claudine n'était pas seule! Autour d'elle, d'autres luttent, souffrent, triomphent parfois des difficultés; à leurs côtés, elle va découvrir sa propre identité en même temps que le mot « ensemble ».
C'est bien à la naissance d'une femme neuve que nous assistons; mais une femme sans révolte, qui ne renie pas ce qu'elle a vécu et continuera à croire au bonheur de vivre à deux. Un jour peut-être...

ŒUVRES DE JANINE BOISSARD

Dans Le Livre de Poche :

L'ESPRIT DE FAMILLE (t. 1).
L'AVENIR DE BERNADETTE (L'Esprit de famille, t. 2).
CLAIRE ET LE BONHEUR (L'Esprit de famille, t. 3).
MOI, PAULINE (L'Esprit de famille, t. 4).
RENDEZ-VOUS AVEC MON FILS.

JANINE BOISSARD

Une Femme neuve

FAYARD

LA CHUTE

1

J'ai regardé cet homme. J'ai regardé mon amour de vingt ans, mon compagnon de route, de plaisir et de peine : mon compagnon ! Et je me suis dit : « C'est fini. »

A la fois je ne pouvais y croire et c'était là. Il avait prononcé les mots définitifs. Mais si je les avais vraiment entendus, serais-je restée ainsi sans larmes, sans voix pour supplier ?

Il a dit : « Je ne voulais pas ! J'ai tellement horreur de te faire mal. J'ai attendu tant que j'ai pu mais je ne pouvais plus, vraiment; et je l'aurais perdue. »

Elle avait vingt-cinq ans et elle s'impatientait. Sa jeunesse s'impatientait. Il allait me quitter : vivre avec elle; vivre autrement.

Voilà ! Il était debout contre la cheminée; moi, assise sur le lit, à la place que j'occupais lorsqu'il était entré; avec un roman, mes lunettes à portée de main, la radio aussi; et à la fois tout se défaisait et j'avais conscience de vivre une histoire banale, presque inévitable ! Oui, finalement c'était normal. Ce qui n'avait pas été dans la norme, c'était d'avoir vécu si tranquille près de lui durant vingt-cinq années, un quart de siècle, un tiers de vie. C'était d'avoir cru que cette tranquillité se prolongerait un autre quart de siècle.

« Tu devais bien te douter de quelque chose! »

Mes yeux lui ont répondu « non ». Il s'est détourné. Il avait vraiment l'air malheureux et, sous ses cheveux gris, malgré les rides, quelque chose d'un enfant. Comme je le connaissais, ce geste du doigt passé entre col et chemise, cette respiration un peu forcée, trahissant la gêne. Il a pris le petit vase sur la cheminée : le bleu avec des veines rosées qui s'ouvre comme le calice d'une fleur. J'aurais voulu parler mais je ne pouvais pas. Il me semblait que le son de ma voix allait concrétiser les choses. Peut-être ne la reconnaîtrais-je pas : la voix d'une femme abandonnée.

Alors, je regardai les plis de ce pantalon que j'avais repassé hier, et cette veste dont je me proposais de changer la poche, et cet homme au visage crispé; alors, je regardai mon mari qui regardait ailleurs et je pensai aux deux gnocchis que j'avais préparés pour le dîner, sur la table de la cuisine, avec leur petit chapeau de beurre. Je les voyais avec ma douleur. Je me concentrais sur ces ridicules bouchées de pâte que nous ne mangerions pas ensemble.

Il a posé le vase avec précaution comme si, lui aussi, craignait, avec le bruit, de rompre quelque chose et il est venu très raide s'asseoir à côté de moi.

« Parle, Claudine. Dis quelque chose. Ne reste pas comme ça! »

Je n'ai rien dit mais j'ai laissé tomber ma tête sur son épaule. Il a passé son bras autour de moi et, pendant qu'il me répétait qu'il m'aimait énormément, qu'il m'aimait tendrement, qu'il me resterait toujours attaché, j'ai regardé hier.

Cette chambre, c'était l'endroit où nous nous sentions le mieux. Ce lit, c'était celui où avaient été conçus nos enfants. Tous ces objets avaient partagé notre vie : la lampe qui lui permettait de lire sans me réveiller en cas d'insomnie, les deux vases veinés, le magnétophone, les livres, et aussi des photos : un peu partout des éclats de moments, d'été, de sourires, de joie.

Depuis l'enfance, je me promène entre rêve et réalité. Depuis l'enfance, je me fais défiler des images. De l'autre côté du carreau, sur l'écran du ciel un peu pâli où se lisait déjà l'automne, je regardais s'ouvrir une porte. Au bras de Julien, une jeune femme que je ne connaissais pas s'éloignait en riant. Là-bas les attendaient des paysages de vacances, des murs ocres imprégnés de soleil, les vagues douces de toits dorés descendant vers la mer. Il m'a même semblé entendre le bruit des vagues et il m'a fait mal comme si la mer aussi me trahissait.

J'aurais dû appeler, moi qui restais derrière, moi qu'on abandonnait. Mais je n'ai jamais su plaider ma cause. Enfant, lorsque j'étais victime d'une injustice, je courais m'enfermer dans ma chambre, et sous la grotte des couvertures, je restais des heures sans bouger, dévorant du pain d'épice par doubles tranches beurrées.

Et qu'aurais-je pu dire? Les seuls mots que je trouvais en moi étaient « aime-moi encore », « aime-moi comme avant ». Ni « beaucoup », ni « tendrement » surtout! Avec hâte, en brûlant. Comme lorsque autour de nous tout était jeune. Comme lorsque nous entrions dans le hall tranquille d'un petit hôtel inconnu et, tandis que tu demandais une chambre, je passais le doigt sur les feuilles des plantes pour savoir si elles étaient vraies. Ou, tout simplement, aime-moi comme le couple le plus anonyme que l'on voit marcher enlacé le long de la Seine.

Mais c'était impossible. Il y avait entre nous vingt-cinq ans de vie commune, deux enfants, des quantités de gestes d'amour. Mais j'avais quarante-cinq ans!

J'avais quarante-cinq ans, trois fins traits sur le

front que se refusait à cacher la poudre, deux éventails ouverts au coin des yeux, une ride prononcée d'un côté de la bouche, un corps que Julien connaissait par cœur, un ventre qui ne serait plus jamais celui que ses lèvres découvraient cet après-midi d'été-là, sur la plage déserte, et comme, dans mon bonheur, j'avais honte! Comme j'avais peur!

Le téléphone a sonné. Je n'ai pas bougé. Il a retiré son bras et il est sorti de la chambre d'un pas gauche, avec l'air de s'excuser. Je l'ai entendu dire : « Elle n'est pas là. » En un sens, c'était vrai! Il a ajouté : « Je pense qu'elle ne va pas tarder à revenir. »

Il n'a pas repris place sur le lit. Il est allé à la fenêtre et, les yeux sur le ciel où la porte s'était refermée, il a dit :

« Si tu es d'accord, nous nous séparerons à l'amiable. Il n'y aura pas de problèmes. Les enfants sont majeurs. Tu peux tout garder ici. A propos d'enfants, je n'ai rien voulu leur dire sans t'avoir parlé avant. »

Parmi les mots que j'aime particulièrement, il y a le mot « complice ». Sans doute parce qu'il faut obligatoirement être deux pour avoir un complice. J'éprouvais une certaine fierté à l'employer en parlant de Julien et de moi. « Nous sommes complices, vous savez. » C'était, par exemple, ces sourires brefs échangés d'un bout à l'autre de la table lors d'un repas pris avec des étrangers; c'était, en passant, une furtive pression de la main. Et tout ce qu'il savait de moi; et tous ces détails que je connaissais de lui. C'était aussi ces phrases de livres, ces images de films, ces mesures de musique dont nous avions partagé l'émotion et qui étaient comme le terreau où notre entente avait grandi.

Pendant vingt-cinq ans, j'avais été la complice de Julien dans le bonheur. Je refusais de l'être dans les larmes, alors je suis partie.

2

J'ai été élevée dans l'amour et pour l'amour. Entre deux parents pour qui, s'être trouvés, l'un étant normand et l'autre bourguignonne, était un perpétuel émerveillement et occasion de réjouissances, et un frère et une sœur plus âgés que je faisais rire aux éclats en leur racontant mon rêve préféré : Tous les miens étaient tués, je parvenais à m'échapper et me retrouvais dans une forêt à la fois hostile et belle. A un croisement de routes, comme désigné par le soleil, un homme m'attendait. Il posait sans rien dire son bras autour de mes épaules et nous continuions ensemble. C'était tout. Mais c'était si bien soudain que j'inondais mon oreiller de larmes.

Il existe, paraît-il, des spécialistes du rêve. Je pense qu'ils n'auraient aucun mal à expliquer pourquoi une petite fille comblée éliminait ainsi chaque soir ceux qui constituaient tout son univers. Je ne m'en suis jamais sentie coupable. Je ne m'en suis jamais lassée.

Si je me retourne vers mon enfance, je ne vois rien de spécial à raconter. Il fait toujours été. Il y a des odeurs d'herbe chaude traversées de bourdonnements. Entre ma langue et mon palais, je presse une tige d'anis. La lumière est telle que les détails m'échappent comme dans ces photos surexposées.

Lumière du bonheur, je pense, d'amour aussi, je l'ai dit. Aux yeux de certains, voici un passé bien fade, plutôt sot : C'est le mien.

Julien m'a épousée en grande pompe au lendemain de mon succès au bachot. Je venais d'avoir dix-neuf ans. Pas très brillant ! C'était d'ailleurs ce qui ressortait des appréciations portées, année après année, sur mes carnets : « Elève moyenne. Pourrait mieux faire. » Il y avait aussi : « Consciencieuse, bonne camarade. » On y lisait encore : « Rêveuse. Dans la lune. » Cela se dit moins depuis qu'on y est allé.

En ce jour radieux de juillet, comme je sortais de l'église dans la longue robe blanche que je méritais, il me semblait que ce mariage couronnait mes treize années de classe et qu'avec ma mention « assez bien » j'avais reçu aussi Julien.

Julien avait vingt-cinq ans, un métier, un passé, une expérience. On disait que ce jeune avocat irait loin. Cela s'est vérifié.

Je lui apportais une grande joie de vivre; la faculté d'avaler d'affilée deux cents grammes de pâté de foie, vingt-quatre moules farcies et la moitié d'une « reine de Saba » : somptueux gâteau au chocolat qui gagne à être trop peu cuit.

Cela lui plaisait bien. Le menton sur la main, il me regardait dévorer et disait, d'une voix qui me remuait tout entière, que celui qui aime vraiment une femme a plaisir à la voir manger. Je redoublais d'appétit pour être doublement aimée : cela m'a valu quelques belles indigestions.

Je ne comprenais pas pourquoi, parmi tant de filles tellement plus belles, tellement moins sottes, il m'avait choisie, moi. Je redoutais une erreur. Peut-être le soleil, au carrefour des forêts de mes rêves, l'avait-il aveuglé ? Et voici que je marchais à ses côtés, pour la vie, sans aucun doute ! Et j'avais relégué mon rêve avec les jouets de mon enfance.

Neuf mois après ma sortie triomphante de l'église, naissait Eric. Deux ans plus tard, Mathilde était là. Nous avions désiré ces enfants. Nous ne nous lassions pas de les contempler, si fragiles et si puissants : comme l'amour en somme.

Un jour, une nuit plutôt, alors que j'étais dans ses bras et qu'il m'avait rendue heureuse, Julien m'a dit que s'il m'avait aimée c'était parce que j'étais neuve. Il m'a dit combien il avait éprouvé de bonheur à me faire femme. Mais il m'a éveillée à bien d'autres choses aussi. Si la vie est à la fois ce cri et ce sourire, il m'a appris à reconnaître son reflet dans un poème, dans la musique et sur le visage de certains. Il m'a ouvert les chemins qui sortent des forêts où se réfugient les enfants.

De mes années de lycée, j'avais gardé quelques amies. La plupart travaillaient. Elles me poussaient à les imiter. N'en ressentais-je pas le besoin ? L'envie ? N'éprouvais-je aucun ennui ?

Quand je répondais « non », il me semblait qu'elles ne me croyaient pas. Et pourtant, c'était vrai ! Ni besoin, ni envie, ni ennui. Et quel travail aurais-je pris ? Ou plutôt, lequel m'aurait-il prise ?

Lorsque je me voyais travaillant, je pensais à cette heure de goûter que je ne partagerais plus avec les enfants ! Le goûter, c'est un moment volé à la journée. Pour moi, c'était toute une cérémonie, presque une communion. J'avais fait de la cuisine la pièce la plus douce de la maison. J'y passais beaucoup de temps. J'aimais le bois de la table sur lequel on tranche les légumes, la couleur des fruits, l'odeur d'une cuisson et ce moment où, sous vos yeux, l'aliment se transforme. Il me semblait que je touchais la vie. Et, souvent, j'avais comme Mathilde envie d'écrire ma joie sur la buée qui recouvrait le carreau derrière lequel s'agitait le monde.

Travailler. Mais étais-je oisive ? Et nous n'avions aucun problème financier. Julien préférait me voir rester à la maison. Ses affaires étaient un peu miennes; il me racontait les plus intéressantes. Il disait qu'en recevant tel ou tel de ses clients je le secondais à ma façon. Je crois effectivement l'avoir aidé.

Les enfants grandissent et s'en vont sans qu'on ait vu le temps passer. J'ai continué. Du feu dans la cheminée, des fleurs sur les balcons, les clients de Julien, les plaisirs de l'amitié, voyez, la vie passait trop vite : il était déjà sept heures, le moment de me préparer à accueillir l'homme que j'aimais. Pourquoi aller chercher ailleurs un bonheur que je trouvais chez moi ?

J'ai sûrement prononcé trop de fois le mot « bonheur ». Sans doute aurais-je dû penser : « Travailler pour le jour où cet homme me quitterait ! »

3

Fabienne a ouvert la porte. J'ai vu son regard étonné. Elle a tendu la main vers moi, alors cela a éclaté.

J'avais le front appuyé au mur. Je n'étais plus que sanglots et tempête : une révolte de tout le corps, un refus. De ce qui avait été dit. De ce qui m'arrivait : cette injustice. Cette saloperie.

Mon amie m'a prise par les épaules et m'a entraînée jusqu'à son lit. J'y suis tombée.

« Je vais chercher à boire. Ne bouge pas ! »

Comme si j'en avais envie ! Comme si je le pouvais ! Le nez dans le drap, entre deux hoquets, je l'entendais remuer des bouteilles, des verres. Je revoyais son regard, sa main; le moment où elle avait fait ce geste vers moi et cela redoublait !

« Bois ! Même si tu n'aimes pas ça. Bois d'un coup ! »

J'ai pris le verre et je l'ai vidé. C'était fort et amer. Infect. Du whisky pur. Je n'aime que les apéritifs sucrés ou ceux qui, comme le champagne, parlent de fête. Je n'aime que la douceur, les caresses, les certitudes.

« Julien me quitte !

– J'avais compris, va ! »

Elle s'est versé à boire et m'a rejointe sur le lit. J'ai seulement remarqué qu'elle était en pyjama : du satin rose ou de la soie. J'ai senti son parfum.

« Une femme ?
– Oui ! Une jeune. »
Qu'avais-je eu besoin d'ajouter ça ? Bon Dieu, que c'était banal ! Je répétais les mots de milliers d'autres; et en les prononçant, j'avais l'impression de me frapper moi-même.
« L'imbécile ! A cinquante berges. Qu'est-ce qu'il croit ?
– Il l'aime.
– Et après ? Pas besoin de te plaquer pour ça.
– Il veut vivre avec elle. »
Elle a eu une grimace écœurée.
« Tu la connais ? »
J'ai dit : « Je ne crois pas. » Il n'avait pas prononcé de nom : « Une femme. » « Une autre. » « Elle. » C'était quand il m'avait expliqué qu'elle refusait d'attendre plus, de perdre davantage de temps qu'il avait évoqué sa jeunesse.
Fabienne m'a tendu un mouchoir. Mes cheveux collaient à mes joues; je me sentais sale, laide et j'avais honte.
« Il en aura vite assez, tu verras ! C'est fatigant, la jeunesse. Il reviendra.
– Non ! »
Je le connaissais trop bien ! Il ne prenait jamais de décisions hâtives. « J'ai beaucoup réfléchi. J'ai tellement horreur de te faire mal. » Il ne m'aurait pas fait si mal pour rien.
« Installe-toi un peu mieux ! »
Je suis remontée jusqu'à l'oreiller. Le lit n'était pas fait. Depuis combien de jours ? Voilà la solitude ! Il y avait aussi, sur la table de nuit, cette tasse à petit déjeuner avec des traces brunâtres au fond. Il y avait des vêtements sur les sièges. La solitude, vraiment !
Fabienne a pris le second oreiller. Elle a allumé une cigarette et, tournée de mon côté, elle a attendu. En général, elle se fait un chignon; ce soir, elle avait

laissé ses cheveux libres; ils disaient la jeunesse, la jeunesse encore un peu malgré les cernes sous les yeux, la peau moins lisse; ils exprimaient un adieu qui me serrait le cœur.

« Pourquoi ?

– A cinquante ans, ils passent tous par là ! Ils veulent se prouver qu'ils peuvent encore, et quand ça ne fonctionne pas trop mal, ils ne se sentent plus. »

J'ai dit : « Tais-toi ! » Julien n'était pas comme ça. Il n'avait rien à se prouver. Et il n'attachait pas une telle importance à ce que « ça ne fonctionne pas trop mal » ou non. Je nous ai revus au début de notre mariage. J'ai fermé les yeux.

Elle a demandé, très doucement :

« Faire l'amour, ça vous arrivait encore ? »

A mi-voix, j'ai répondu : « Un peu. »

Elle a souri. Je ne lui en ai pas voulu.

On a sonné. Fabienne a mis un doigt sur ses lèvres. Il y avait de la lumière dans ses yeux. On a sonné encore. Encore. Puis frappé. Une voix d'homme a appelé : « Fabienne ! Fabienne ! » Elle souriait. Ce pyjama de soie, c'était pour lui. Mon cœur battait; j'aurais couru, moi. J'aurais volé.

Puis tout s'est tu et elle a murmuré : « C'était Jean-Claude. Il reviendra. Ce sera encore meilleur. »

Du plat de la main, elle lissait les plis que faisait la soie sur ses cuisses. Elle avait un corps ample, très présent, qu'elle ne vous laissait jamais oublier. Elle le portait, j'allais dire « devant elle », doux et parfumé, comme un cadeau toujours possible. J'avais, une fois pour toutes, donné mon corps à Julien et puisqu'il l'aimait je n'y pensais plus. J'en acceptais les imperfections. Je ne cherchais pas à en cacher le flétrissement. Puisque je croyais qu'il l'aimait.

Sous mes paupières, j'ai senti la brûlure des larmes. Je me suis levée et je suis allée vers la grande baie; j'y ai appuyé mon front. C'était terriblement beau,

Paris, d'un vingt-huitième étage; petit aussi comme la forêt interminable de l'enfance que l'on découvre un jour d'avion : deux ou trois couplets verts entre le refrain blond des champs. D'autre tours, tout près, entièrement éclairées, répétaient à l'infini un même monologue. Tout en bas, au centre de la Seine, on distinguait l'allée des Cygnes : long trait de terre bordé d'arbres : hêtres, peupliers, mais surtout ces acacias dont les grappes de fleurs blanches mêlées de jaune embaument les premiers jours de printemps.

J'ai tiré le rideau. Fabienne a demandé :

« Tu ne te doutais vraiment de rien ?

– Vraiment ! »

Julien aussi m'avait posé cette question, avec ce ton légèrement étonné. Mais non ! Vraiment ! Vraiment ! Chaque soir, nous nous asseyions côte à côte sur le canapé et nous parlions des choses, du monde, comme si nous faisions front ensemble. Chaque nuit, je m'endormais sur son épaule. Il était question, pour Noël, de faire un saut en Bretagne où vivait notre fils.

« Et quand tu partais chez ton père; tous ces week-end en Normandie, tu ne te demandais jamais ce que ton mari faisait ?

– Pourquoi ? »

J'avais crié. Allait-on passer toute ma vie en revue parce que mon mari me quittait ?

Julien n'aime pas la campagne; moi, je ne saurais m'en passer. Je sens, derrière mon épaule, constamment, des champs et des forêts. Quand je marche dans la ville, le vent m'apporte des senteurs de feuilles et de terre et même les nuages ont des odeurs pour moi. Si j'aime la pluie alors que d'autres la fuient, c'est qu'elle fait partie de la Normandie. Elle nourrit les champs, elle fait pénétrer l'engrais dans la terre, elle verdit la pelouse, elle anime les rosiers de Chanterelle : la maison. Ma maison.

« Pardonne-moi, a dit Fabienne. Tu as raison. A quoi bon s'interroger? Quand un homme veut vraiment une bonne femme, il la prend. J'en ai su quelque chose. Mais toi et Julien, quand même! »

J'ai recommencé à pleurer. C'était d'orgueil blessé, cette fois. Moi et Julien! A mon amie Fabienne, divorcée à vingt ans et qui avait juré qu'aucun homme ne l'y reprendrait, j'avais aimé donner le spectacle d'un amour partagé, d'un couple réussi.

Elle a caressé mes cheveux et, sous sa main, je les ai sentis gris, pauvres.

« Ecoute! Tu vas lui montrer!

– Lui montrer quoi?

– Mais qui tu es, ma vieille!

– Mais il me connaît par cœur.

– Crois-tu? »

Elle s'est levée. Ses yeux brillaient et j'ai pensé que ce soir, en un sens, elle était heureuse grâce à moi.

« Il connaissait sa femme. Il va connaître l'autre.

– L'autre?

– Celle que tu vas devenir, par la force des choses. Celle qui va l'étonner, s'étonner. Viens voir! »

Elle ma tendu la main. Je l'ai prise. Pourtant, j'avais l'impression qu'elle récitait des phrases. Elle m'a menée à un miroir.

« Au lycée, tu sais que j'étais jalouse de toi? Tu étais la plus belle. Et tu n'avais rien à faire pour cela alors que toutes, on s'acharnait. Tu étais belle... comme ça. »

Je voyais une femme au visage défait, au corps épaissi, au nez rouge et, derrière moi, superbe, désirable, mon amie. Pas un cheveu blanc, admirablement fardée et musclée là où il fallait par la gymnastique.

« Tu vas le redevenir. Je t'aiderai. »

Ma tête tournait. J'ai vu Julien à nouveau amoureux de moi. Elle m'a lâchée.

« Pour commencer, tu ne rentres pas. Tu dors là!

S'il s'inquiète, tant mieux ! Il a voulu sa liberté, il l'a. Qu'il en soupe. A propos, tu as dîné ? »

J'ai dit « oui », et puis « non ». Je ne savais plus où j'en étais, qui j'étais. Je revoyais mes ridicules gnocchis. Manger, cela me paraissait saugrenu.

Pourtant, je l'ai suivie dans la cuisine, ou, plutôt, au bout de son très grand studio, dans le coin réservé aux repas.

Un rideau coulissant le cachait aux regards. Au-dessus des plaques électriques, une hotte aspirait les odeurs; tout le matériel était dissimulé dans des placards.

Elle a tiré la planche laquée qui servait de table.

« On va faire des clubs-sandwiches. »

Tandis que je faisais griller du pain, elle a mis sur un plateau, un jambonneau sous plastique, de la mayonnaise en tube, un reste de salade, du gruyère. Puis elle a ajouté deux boîtes de bière et nous sommes retournées à son lit.

« Demain, a-t-elle dit, il faudra que tu viennes au magasin avec moi. Mais avant, évidemment, tu devras passer te changer chez toi. »

Chez moi ? Je ne l'entendais plus. Qu'est-ce que je faisais ici, sur ce lit, alors qu'à la maison Julien devait m'attendre ?

Fabienne s'était tue; elle m'a regardée avec un soupir.

« Vas-y ! Mais demain appelle-moi. C'est promis ? »

Je courais dans la rue. J'avais oublié de fermer la vitre de ma voiture; le volant était glacé sous mes doigts. Un homme klaxonnait. Il faisait un geste vers son front pour me signifier que j'étais folle. Je l'étais ! Julien m'avait annoncé son départ et je n'avais pas prononcé un seul mot.

Je me suis garée n'importe où. Je n'ai pas pris l'ascenseur pour arriver plus vite; je me brossais les cheveux en montant l'escalier.

Tout était éteint dans l'appartement sauf la lampe sur ma table de nuit. Il y avait un mot de Julien sur mon oreiller : demain, pouvais-je déjeuner avec lui ? Il m'appellerait dans la matinée. Il m'embrassait très fort.

4

LE soleil tremble au bout de mon lit. Les bruits de la rue montent jusqu'à moi. J'aimais cela, les réveils, le passage des voitures lorsqu'on sort du sommeil, une portière qui claque, un bruit de voix ou de radio et, là-haut, au-dessus de ma tête, des grincements de plancher, et, tout près, la respiration de Julien, et moi, au bord d'une journée à la fois nouvelle et pareille, plage que la mer fait revivre mais ne bouleverse pas. Et moi qui reviens à la vie, en qui la vie revient.

D'habitude, je me lève en premier, et tandis que Julien prend sa douche, s'habille et se rase, je prépare le petit déjeuner. Il y a deux façons d'éclairer la cuisine. Le matin, je préfère celle qui laisse dans l'ombre les trois quarts de la pièce, tous ces objets qui dorment encore. J'ai besoin, porte bien close, de quelques minutes de solitude et de silence dans l'odeur du café qui passe et du pain grillé glissé dans une serviette pliée. Je dérobe deux ou trois gorgées de café. Le petit déjeuner est le seul repas que je prendrais volontiers seule. Plus tard, quand Julien apparaîtra, il allumera le plafonnier et la journée commencera vraiment.

Le soleil tremble au bout de mon lit et les bruits de la rue montent jusqu'à moi. Les yeux me brûlent encore. La vie menace. Si je tends le bras, je trouverai le vide. Il n'a même pas appelé. Il ne s'est pas inquiété de moi. Il a dit : « Je te quitte » et il est parti. C'est impossible!

« Maman! »

Près de la porte, Mathilde vient d'apparaître, essoufflée, le regard angoissé.

Elle tombe au pied du lit, serrant dans sa main la clef de l'appartement. J'ai toujours voulu que mes enfants puissent venir chez moi, chez eux, à leur fantaisie.

« Papa m'a dit! C'est dingue! Qu'est-ce qu'il lui prend? »

Je regarde ma fille, ce presque clochard, en imperméable trop grand, en pantalon de travailleur américain, en espadrilles de tennis; je regarde ces yeux gris si semblables, dans leur lumière un peu voilée, à ses yeux à lui, et tout ce que je peux faire, pour l'instant, c'est poser ma main sur sa joue et la caresser.

« Je t'ai apporté des croissants. »

De sa poche, ma maladroite, ma tendre, sort un paquet informe, taché de graisse. Je remercie avec les yeux. Combien de temps durera cette impossibilité physique de parler? Cette gorge cadenassée.

« Ne bouge pas. Je vais faire du café. »

Elle file. Son désarroi se manifeste par de grands bruits dans la cuisine, un juron. A moins qu'elle ne veuille me montrer que la vie continue.

Je me lève, enfile un peignoir, ouvre rideaux et fenêtre. Il est neuf heures, samedi. La rue a son odeur de jours de congé, plus légère, proche des odeurs d'enfance. Et moi, je ne me sens pas vraiment là. L'alcool hier, le somnifère, je plane. Dans la douleur.

Les yeux sur la maison d'en face, sur les rideaux blancs d'une fenêtre, je m'oblige à respirer lentement, profondément. Mais quel vide! Quelle fatigue! Je ne songe qu'à retourner à mon lit.

En passant près de la cheminée, je regarde le vase veiné auquel, hier, en me parlant, Julien semblait se raccrocher. Et tous ces autres objets que nous avons choisis ensemble; et ceux que nous offraient les enfants : les affreux, les combles du mauvais goût, les touchants. Les « frappants ». Ils me font mal. Ils sont nous!

Le téléphone. Je cours à l'appareil. Toute la nuit, j'ai attendu cet appel, cette sonnerie.

« Allô! »

Il dit « Allô », c'est hier, c'est avant.

« Je t'appelle du bureau. »

Sa voix est douce. Il a la bouche tout contre l'appareil, contre moi. Il a mauvaise mine, des yeux de nuit blanche, une chemise fripée.

« Claudine. »

J'essaie de retrouver ma voix; ne serait-ce que pour lui expliquer que je ne peux plus parler, mais rien ne vient. De toutes mes forces, j'appelle « l'autre », celle dont parlait Fabienne, qui m'étonnera et l'étonnera. Rien!

« Je passe te chercher à midi. On déjeunera au restaurant. »

Il attend encore un peu puis raccroche, très doucement. Alors, je parviens à prononcer son nom : « Julien. Julien. » A la porte, portant un plateau, toujours dans son imperméable, Mathilde me regarde. Elle murmure :

« C'était lui? »

Marchant avec précaution, comme dans la chambre d'une malade, ma fille vient poser le plateau sur le lit. Elle a mis les croissants sur une assiette pour me faire plaisir, et ce geste me bouleverse plus qu'aucune autre marque de tendresse. Le décor, elle s'en fout. J'y faisais peut-être trop attention. J'attachais sans doute trop d'importance aux objets. Mais nous étions deux à les aimer; alors ils vivaient.

« Je te sers ?

– Si tu veux. »

Elle verse dans ma tasse la poudre de café, l'eau. Je bois vite une gorgée; ça fait un drôle de bruit en passant.

« C'est stupide, dit-elle. Je n'arrête pas de me le répéter. C'est trop stupide ! Ça n'a pas de sens. »

Sans me lâcher du regard, elle mord dans un croissant.

« Tu lui en veux ?

– Je ne sais pas. Je suis K.O., tu comprends ? C'était hier soir seulement, alors... »

Elle baisse la tête.

« Il est venu nous assener ça ce matin. Je n'aurais jamais cru. Nicolas est dans tous ses états. »

Il a sonné à leur porte. Il a dit à Mathilde : « J'ai quitté ta mère. » Il lui a peut-être dit : « Vas-y ! » Mathilde et Nicolas vivent ensemble depuis deux ans; ils ont le même âge, sont tous deux licenciés d'histoire et travaillent pour une maison d'édition.

« Nicolas ne comprend pas. Il dit que, de toute façon, elle ne l'aurait pas quitté.

– Tu la connais ? »

Mathilde me regarde bien en face.

« Je l'ai rencontrée deux fois. Une au bureau un jour où j'allais le voir, une autre au restaurant. Mais je ne savais pas. Si j'avais su... »

Cette douleur ! Ma fille a déjeuné avec elle. J'imagine une femme très jeune et qui rit. Pour la première fois, la haine me traverse. Un éclair.

« Qui est-ce ?

– Une avocate. Stagiaire. C'est comme ça qu'il l'a connue. Tu sais qu'il aimait bien aider les jeunes. C'est réussi !

– Elle est belle ?

— Ce n'est pas ça, dit ma fille. Elle est neuve. »

Neuve! Le coup au cœur...

Je me verse une autre tasse de café. Elle ne l'a pas fait assez fort. Elle a dû trop se dépêcher. Mathilde va toujours trop vite. Pour tout. Après quoi court-elle?

« La jeunesse, c'est fatigant. Il reviendra », a dit Fabienne hier. Non! Surtout refuser l'espoir. L'espoir, c'est pire que tout. C'est se relever, voir au fond, retomber. Je préfère rester au fond, m'habituer aux ténèbres, ou m'y engloutir. Mais pourquoi ai-je sans cesse cette image dans la tête? Fabienne, en pyjama de soie rose, me présentant au miroir : « Tu étais la plus belle. Tu vas le redevenir. Je t'aiderai. Une autre... » Dans tout ce désastre, voici que cette minute s'est transformée en minute de douceur.

« Qu'est-ce que tu vas faire?

— Travailler! »

C'est « l'autre » qui a répondu. Il y a de la surprise dans le regard de Mathilde. Peut-être de l'admiration. Je ne la mérite pas. J'ai prononcé les mots que Fabienne aurait prononcés. C'est tout.

« Au point de vue " fric ", je suis sûre que papa ne te laissera pas tomber. Mais tu as raison. Ça t'occupera!

— Non! »

Ça, je ne peux pas supporter! Je n'ai pas besoin qu'on m'occupe. Je refuse qu'on m'occupe. Et même qu'on y pense. C'est un mot affreux fait pour ceux qui veulent oublier la vie.

« Qu'est-ce qui se passe? Qu'est-ce que j'ai dit?

— Rien! »

On sonne. Ça tombe bien : j'étouffe! Vais-je donc être pour les autres une femme « à occuper »? Cela me semble être la pire des insultes.

Mathilde s'est levée aussi. Je l'écarte. J'y vais. Dans

le couloir, j'ai le temps de me faire tout un scénario. On m'apporte un télégramme de Julien. Des fleurs, peut-être ! Il a compris que c'était une folie que de se séparer. Moi qui refuse l'espoir, durant les quelques pas qui me séparent de la porte, il m'engloutit.

C'est le livreur du supermarché. Il y a deux casiers à ses pieds.

« Votre commande, madame ! »

Douze bouteilles de bordeaux, douze jus de fruits, de l'eau gazeuse et du whisky. Je le précède dans la cuisine. Chez mon père, en Normandie, chez moi, c'est le patron de l'épicerie-buvette-marchand de tabac qui livre le vin et on en boit toujours un verre avec lui sans pour autant se croire obligé de faire la conversation. Pas pour s'occuper. Pour boire la vie, l'instant, le répit.

« Je vous mets ça sur la table ?

– C'est ça. Merci ! »

Il pousse un peu les gnocchis et aligne ses bouteilles. En signant le chèque, pour la première fois, je réalise que mon nom n'y est pas inscrit. « Monsieur Julien Langsade », c'est tout ! Vais-je commencer à tout regarder ainsi ? Avec des yeux de femme abandonnée ?

Pourboire. Au revoir, monsieur !

Mathilde contemple les bouteilles.

« Tu vois, dis-je, j'ai de quoi m'occuper. Je vais pouvoir faire la fête. »

Elle ne sait que répondre. Elle a l'air malheureuse. Je m'en veux. Il faudrait la rassurer. Mais comment ? Je crève de peur, moi !

« Si tu veux, je coucherai ici ce soir », propose-t-elle.

Cela jaillit. « Ce soir, je vais à Chanterelle ! »

Et elle ne saura jamais combien il me faut de courage pour ajouter : « Tu me rendras service en emportant ces gnocchis. »

5

Le jour où mon père, jeune marié, acheta en Normandie une vieille ferme abandonnée, il découvrit sur le pas de la porte et comme né de la pierre, un bouquet de chanterelles[1]. Le nom de la maison était trouvé. Toute mon enfance, il chanta à mes oreilles la terre brune des champs retournés, les rangées de pommiers tourmentés par le vent, les paysages sans clôture, une forêt mystérieuse et tout ce vert et ce blond débordant de rumeurs et d'odeurs qu'on appelle la campagne.

Le soir même de l'achat, campant dans la maison qui n'avait alors ni eau ni électricité, mes parents dégustèrent les champignons. Et cela ressemblait, paraît-il, à une communion.

Je suis arrivée vers cinq heures. C'était l'heure dorée, la tendre. C'était la saison des braises. Au bas du champ, la forêt flambait, mais aussi les bosquets, les haies, le ciel. Comme toujours, Pierrot-le-chien m'a accueillie avec des bonds de joie. J'ai mis mes bottes et j'ai rejoint mon père qui était dans la grande prairie en train de sermonner Doucette.

Non! Vraiment! Il ne comprenait pas pourquoi une belle brebis comme elle, alerte et bien de sa

1. Girolles.

personne, toujours la première au pré, la plus aventureuse des Texels, refusait de laisser approcher le mâle. Serait-elle la seule, en mars prochain, à ne pas lui donner d'agneau ? S'imaginait-elle être venue au monde uniquement dans le but de brouter un peu plus d'herbe que la voisine et de garnir quelques matelas de laine avant de finir en ragoût ?

Enorme écolier dans le tablier enduit de rouge destiné à marquer les brebis qu'il couvrait, le bélier Néron se tenait à quelques mètres comme pour suivre la discussion. Tout autour, les moutons faisaient leur travail de tondeuse à gazon. Effectivement, seule la toison de Doucette restait uniformément vierge.

« As-tu jamais vu ça ? m'a dit mon père après m'avoir embrassée. Voilà trois jours que ce pauvre Néron tente sa chance. Rien à faire ! Mademoiselle trouve toujours un peu d'herbe à arracher plus loin. Et s'il est trop pressant, tu sais ce qu'elle fait ? Elle se colle la partie intéressante à l'abreuvoir ! »

Il prenait l'air sévère, mais on voyait bien sa fierté. La mère de Doucette était morte en la mettant au monde. Il l'avait nourrie au biberon. Depuis, si d'autres brebis l'approchaient de trop près, elle les chassait à coups de tête et, lorsqu'elle était là, même Pierrot-le-chien faisait le discret, ce qui n'était pas du tout dans son tempérament. Alors, pour le bélier, quoi d'étonnant ?

J'ai ri : « Allez ! Tu sais bien ce qui se passe dans sa tête ! »

Tout en fourrageant dans la laine de Doucette qui se collait à sa jambe, il a grommelé que tout ça c'était des histoires ! Un chien, oui, cela peut tomber amoureux de son maître. Une chatte aussi. Un cheval, bien entendu. Mais un mouton !

Nous les avons regardés un moment, les quatorze moutons de mon père. Il me désignait chaque bête, me parlant de ses problèmes. Las de se voir repoussé par Doucette, Néron était retourné à d'autres, plus complaisantes. C'était un bon mâle, prisé dans les environs. Grâce à lui, à la veille du printemps, nous aurions une fournée de petits agneaux.

J'ai senti sous le mien le bras de mon père. « Viens ! J'ai quelque chose à te montrer ! »

Nous avons quitté la prairie. Pierrot nous avait déjà précédés, sautant la clôture, revenant parfois sur ses pas pour s'assurer que nous le suivions bien.

Dans le verger, les pommiers étaient couverts de petites pommes vertes dont on ferait bientôt de gros tas pour le cidre. Le terrain descendait jusqu'à la rivière, qui n'avait pas de nom. Là s'arrêtait le domaine. Là commençait la forêt.

Quand mon père avait acheté la maison, il n'y avait autour qu'un jardin de curé. Parcelle par parcelle, durant quarante-cinq ans, il avait racheté quatre hectares de pré et de pommiers, comme s'il prévoyait qu'un jour, après la mort de ma mère, cet endroit deviendrait son seul horizon.

Il a tendu la main. Au bout du pré, comme un chiffon gris était suspendu à la branche d'un arbre.

« Qu'est-ce que c'est ?

– Une hulotte ! Je ne sais pas comment elle a fait son compte mais elle a pris ses griffes dans la branche et elle n'a plus pu s'en tirer. Je l'ai trouvée là ce matin.

– Morte ?

– Sûrement d'épuisement en essayant de se dégager. »

On la voyait mieux maintenant, tête en bas, ailes déployées. Le vent la balançait doucement.

Nous nous sommes arrêtés sous l'arbre. Pierrot est revenu en aboyant, réclamant une promenade en forêt, réclamant la chasse au lapin. Je l'ai caressé pour lui faire comprendre qu'aujourd'hui, non ! je ne m'en sentais pas le courage.

La hulotte était suspendue par sa griffe enfoncée dans l'écorce. Ses ailes, rayées marron et gris, dégageaient le ventre dont le vent hérissait le duvet presque blanc. Ses yeux fermés formaient une fente très douce. Elle allait soulever ses paupières et nous montrer les yeux si formidablement étonnés des rapaces.

« Je t'attendais pour l'enterrer, a dit mon père. Mais une hulotte aussi maladroite de ses pattes, je ne savais pas que ça existait. »

Du bout du doigt, j'ai caressé le duvet. Aucune main humaine ne s'était sûrement jamais posée sur ce ventre et je me sentais un peu coupable, comme si j'entrouvrais une porte interdite.

« Ta mère aurait fait cela », a dit mon père d'une voix brouillée.

Nous sommes revenus sans hâte vers la maison, longue et sans prétention avec ses murs blancs tendus de rosiers, son toit d'ardoises, ses fenêtres à petits carreaux et ses volets percés de cœurs.

Nos bottes faisaient un même bruit. Cela sentait bon la terre, la vie. Il me semblait marcher dans la vérité. Le regard du propriétaire courait partout, aigu, inquisiteur et tendre. Il avait posé la main sur mon épaule; j'avais l'impression de lui appartenir aussi. Ainsi marchions-nous déjà, il y avait quarante ans, lorsqu'il m'emmenait avec lui pour des promenades pleines d'aventures. Et quand, loin de ma mère, je le demandais en mariage, il ne se moquait pas. Il me disait : « D'accord ! Nous en reparlerons quand tu auras seize ans. »

Pendant qu'il allait voir si Doucette lui avait obéi, je suis descendue avec Pierrot chercher le lait à la grande ferme. Celle-ci se trouvait à l'autre bout du village, un village très calme : une poignée de maisons, le tabac-épicerie-buvette, la charcuterie, la boulangerie, des gamins tournant à vélo autour de la grand-place, des aboiements, le cri d'un coq derrière un mur de pierre, la porte fermée d'une église privée de curé.

Le jour commençait à décliner quand j'ai traversé la cour de la ferme. Ici aussi, je venais il y a quarante ans et presque rien n'avait changé. C'était la même puissante odeur et, sur le sol, les mêmes rigoles foncées mêlées de paille où l'on évitait de mettre le pied.

Quelques villageoises étaient déjà devant l'étable avec leurs pots à lait. Nous nous sommes saluées. C'était toujours un bon moment que celui où l'on se retrouvait là, la journée terminée, attendant la fin de la traite. C'était le contraire de ce que Mathilde préconisait pour moi : le contraire de « s'occuper ».

Puis la fermière est apparue et elle a commencé à remplir les pots de lait encore tiède. Elle jetait les pièces dans une vieille boîte en fer. Elle n'aimait pas rendre la monnaie et comptait en anciens francs; c'était aussi pour cela que le lait qui venait d'ici avait une saveur différente.

« Alors, Claudine? Tu ne nous abandonnes donc pas tout à fait? »

A chaque fois elle me disait cela et je lui répondais que le jour où elle ne me reverrait plus c'est que je serais morte et, de ses fenêtres qui donnaient sur le cimetière, elle pourrait distinguer la croix de ma tombe.

« En attendant, tu ne vas pas m'oublier tes œufs? »

Elle m'a mis dans la main le sac contenant les vingt-quatre œufs enveloppés de papier journal. Si Julien n'aimait pas la campagne, il se régalait de tout ce que je lui en rapportais : les œufs et les poulets, les radis, le céleri, les framboises en été.

J'ai repris doucement le chemin de Chanterelle. Pierrot, à qui l'entrée de la ferme était interdite, m'avait abandonnée. Les bruits étaient ouatés, comme dorés eux aussi. Tout disait ardemment l'automne. La route monte légèrement avant d'arriver à la maison; elle est bordée de champs plantés de pommiers tordus. De temps en temps, je fermais les yeux pour « jouer à l'aveugle » comme autrefois avec mon frère. Il s'agissait de marcher le plus longtemps possible sans voir. Les premiers pas, cela va à peu près; ensuite, il semble que la terre vienne à votre rencontre; là, c'est sûr, se dresse un mur; à droite, à gauche, des gouffres attendent le faux pas.

Bien souvent, quand je rouvrais les yeux, je me retrouvais seule; mon frère s'était caché. Mais c'était fantastique, le monde!

J'ai refermé la grille blanche du jardin. La lumière était allumée au-dessus de la porte d'entrée. Avant de pénétrer dans la grande pièce, j'ai retiré mes bottes et je les ai mises à l'alignement de celles de mon père.

Il avait allumé le feu devant lequel Pierrot était étendu. J'entendais le bruit de la douche.

J'ai mis le lait à bouillir et suis venue m'asseoir devant la flamme.

Ce qui était terrible, c'était que, parfois, j'oubliais. Pas longtemps. Quelques secondes. Quelques minutes peut-être. Je le savais au choc soudain dans ma poitrine. Au creux vertigineux qui succédait au choc. « Julien me quitte. » Il me l'avait répété tout à l'heure.

La poêle à long manche était préparée près de la cheminée et le grilloir suspendu au-dessus des flammes. Nous allions avoir une omelette-maison : mon plat favori! Doublement « maison » puisque fourrée de chanterelles. Cela voulait dire que, ce matin, mon père était allé aux champignons pour moi, qu'il avait longuement marché, le regard sur les feuilles, cherchant parmi elles la tache charnue de la girolle.

J'ai pris la pique et j'ai cassé la bûche. De l'acacia bien entendu. Pour cuire l'omelette, on ne prend pas n'importe quel bois. Il en faut qui se consume sans étincelles, sans explosion, comme la tendresse. J'ai cassé la bûche, rassemblé les braises, balayé tout autour. Les objets de cette maison me faisaient du bien : ils m'accueillaient; ils s'appelaient seulement Claudine, ici et mon enfance.

Mes yeux se sont mouillés. J'ai filé à la cuisine. Tout était prêt pour le dîner; les chanterelles trempaient dans la grande terrine; six œufs mystérieusement marqués d'une croix étaient posés sur une assiette; et, sur une planche, un jambon du pays; et, dans l'égouttoir, de la salade du jardin. Mon Dieu, que c'était beau, comme cela aurait pu être la fête! Il n'y a pas meilleur cuisinier que mon père, c'est sa façon d'être poète.

Quand j'ai relevé les yeux, il était sur le pas de la porte et me regardait, très beau dans son chandail clair, avec son visage tanné et ses cheveux blancs fournis qu'il avait soigneusement coiffés.

Il a ouvert une bouteille de cidre pour l'apéritif et l'a versé sans hâte dans les verres. Le temps coulait avec le jus doré. Nous le touchions avec les lèvres.

Pierrot-le-chien est entré en remuant la queue. Il est venu s'étendre sur le carrelage avec un long soupir de soulagement. Il reste des heures le plus près possible du feu et, quand il n'en peut plus, le ventre sur les tommettes fraîches de la cuisine!

« Il a encore trouvé moyen de s'abîmer la truffe sur les barbelés du père Lamourette, a fait remarquer mon père. Toute la colline, ça ne lui suffit pas. Ce qui lui plaît, c'est d'aller dans le champ du voisin. »

Tandis que je lavais la salade, il a coupé le jambon. Puis il a fait revenir les chanterelles avec le beurre et le persil. Nous ne parlions pas et c'était bon; cela voulait dire que rien d'irrémédiable n'était arrivé dans ma vie.

J'ai mis le couvert dans la grande salle. J'entendais derrière mon épaule aller et venir le disque doré de la longue horloge à pied. Elle avait toujours été là, sonnant deux fois les heures : un son grave, un son gai; l'optimisme pour terminer.

A huit heures, assis de chaque côté de la cheminée, nous nous sommes attaqués à l'omelette. Tandis que je battais les œufs, mon père a dit :

« Ton mari m'a téléphoné! »

Mon cœur s'est arrêté. Il ne me regardait pas. Il fixait le gros morceau de beurre salé qui commençait à grésiller dans la poêle. J'ai continué à battre le mélange mousseux.

« Tu pourras rester ici tant que tu voudras! »

Mes larmes coulaient. Il m'a tendu la poêle et j'y ai versé le mélange.

« Maintenant, tu peux aller chercher les chanterelles. »

Dans la cuisine, j'ai bu un grand verre d'eau en regardant la nuit. Je me sentais comme suspendue dans le vide. Quand je suis revenue, les œufs commençaient à prendre très doucement. J'ai laissé glisser les champignons dans la mousse blonde.

« L'année s'annonce fameuse en cèpes, a remarqué mon père. On pourra en faire sécher un ou deux chapelets pour Noël. Si tu veux, demain, nous irons faire un tour du côté de Boisseul. »

En bas, vers la forêt, comme pour nous répondre, il y a eu une sorte d'aboiement. Oreilles dressées, Pierrot s'est jeté comme un fou sur la porte; il l'a ouverte avec ses pattes avant de disparaître dans le jardin.

« Une sauvagine[1], a dit mon père. Nous la guettons depuis une semaine. Elle m'a mordu un mouton au cou l'autre nuit. C'est une femelle.

— Comment le sais-tu ?

— Son cri ! Ecoute ! Plus aigre que celui du mâle. J'ai repéré par où elle entrait. Je l'aurai un de ces jours. »

J'ai demandé tout bas : « Et si cela t'était arrivé, à toi, d'être abandonné ? »

Il avait retiré l'omelette du feu pour la laisser respirer. Il m'a regardée longuement et, dans son regard, je voyais ma mère, la seule femme qu'il ait aimée. Puis il s'est tourné vers la fenêtre.

« Il y a des choses qui ne t'abandonneront jamais. »

J'ai suivi son regard : ce qui ne m'abandonnerait pas, c'était ce qui, tout à l'heure, m'apaisait tandis que nous marchions vers l'oiseau mort. C'était ce qu'on ne peut vous voler : la terre et ses couleurs, la mouvance du ciel, et l'odeur des saisons, et cette sensation, parfois, d'avoir dans tout cela une place à peu près définie.

Nous avons mangé à côté du feu, sur la table basse. Mon père commence toujours par beurrer quelques larges tranches de pain à croûte très brune que l'on ne trouve qu'ici. J'ai dit : « Non merci » pour moi. Il m'en a mis une de force dans la main. « Et pas question de me laisser quoi que ce soit dans l'assiette ! »

Les girolles étaient fondantes; elles avaient goût d'automne et de rosée. Quoi qu'il arrive, au pied d'arbres aux troncs bruns, la nuit, la pluie et le hasard continueraient à faire éclore des chanterelles et ce serait comme si quelque part une main se tendait vers moi.

1. Renarde.

Nous n'avons laissé que quelques bouchées de jambon pour Pierrot qui se régale de tout ce que nous aimons. J'ai dormi à côté de lui, sur le canapé, devant la cheminée. J'ouvrais parfois les yeux pour regarder, très faible dans la nuit, la lampe que j'avais laissée allumée au-dessus de la porte. J'entendais crépiter les braises, sur les murs, des ombres mouvantes évoquaient d'anciennes frayeurs; à certains moments de vent, je me sentais au haut d'un phare, ou sur une île.

Tôt le lendemain, nous avons enterré la hulotte. Nous avons d'abord creusé à tour de rôle un trou près de l'arbre où elle s'était pendue. Il se préparait un temps admirable; derrière la brume, presque là, la journée tremblait, rose et mouillée. Il se préparait un temps à être heureux.

J'ai eu du mal à arracher la griffe de la branche. C'est en se débattant que la hulotte avait dû se piéger. Ses ailes, raidies, sont restées déployées et, au moment de la mettre dans le trou, nous nous sommes aperçus qu'elles n'y tiendraient pas.

Je l'ai couchée dans l'herbe encore humide et j'ai élargi le trou. Je ne pouvais accepter l'idée que l'on brise ou que l'on plie ces ailes. Et pourtant, j'aurais jeté indéfiniment de la terre sur elles, sur ces gris et ces bruns, sur le duvet du ventre, sur ces yeux fermés. Encore et encore. Comme si je jetais cette terre à la face du ciel qui avait porté la hulotte, qui ne la porterait plus.

6

« J'AI eu tort, dit Julien. Au lieu de te pousser à faire des choses, je t'ai cloîtrée. Finalement, j'ai agi comme un bel égoïste! C'était agréable de te savoir là : je ne voulais pas regarder plus loin.

– Mais j'étais bien! Jamais je ne me suis sentie cloîtrée. Je n'avais pas envie de " faire des choses "; d'ailleurs, j'en faisais! Des tas!

– Pour les autres : pour moi, les enfants. Jamais pour toi. Et maintenant... »

Maintenant quoi? QUOI? Il disait : « Pourquoi travaillerais-tu au-dehors? Pourquoi deviendrais-tu l'une de ces femmes toujours pressées, jamais disponibles, ni pour les leurs, ni pour la vie? » Il disait : « J'aime te savoir là, me sentir attendu. » Et ces mots portaient mes journées : des mots-rails, des mots-joie. Pourquoi parler de cloître ou d'égoïsme? La vérité est bien plus simple : il y a le temps où l'on aime à sentir l'autre disponible et partageant vraiment votre vie et celui où cet autre devient barrage entre d'autres horizons et soi. Je n'ai pas vu venir ce temps-là. Et maintenant, lui, cela l'arrangerait que j'aie un métier. Il pourrait penser qu'il ne me laisse pas sans rien, sans horizons à moi.

« Mathilde m'a dit que tu comptais travailler? »

J'acquiesce.

« Quel genre de travail?

– Avec Fabienne.
– Pourquoi pas ? »

Mais il évite mon regard, cet étranger qui, lorsque je suis rentrée, a eu l'air de quelqu'un pris en flagrant délit. Il triait des papiers dans son bureau. J'avais le sac d'œufs dans une main, ma valise dans l'autre. Paralysée. Deux jours à tenter de prendre le dessus, à me noyer dans « ce qui ne vous abandonne pas », et soudain l'odeur de sa pipe dans l'entrée, son blouson jeté sur une chaise, comme avant; et ma poitrine qui se vide, mes jambes qui tremblent.

« Et pour l'appartement, que comptes-tu faire ? »

Un froid m'emplit, intense. L'appartement ?

« Ne penses-tu pas qu'il va être un peu grand ?
– Tu veux le prendre ? »

La question a jailli, malgré moi, et j'ai à peine reconnu ma voix. Mais ce terrible froid, c'est la peur.

Il soupire : « Il n'en a jamais été question. Seulement, tu aurais pu désirer... changer de décor.
– De décor, Julien ? »

Vingt-cinq années de vie commune, de gestes, d'heures partagées, des murs chauds encore de nos feux et des rires des enfants, de hauts miroirs au fond desquels nous regardent nos visages de jeunes mariés, partout, la musique du bonheur, cette note continue, tendre et douce, que l'on n'entend vraiment que le jour où elle s'arrête.

« Tu ne peux pas m'obliger à partir d'ici ! Je n'aurais vraiment plus rien ! »

Il regarde, à mes pieds, la valise et le sac d'œufs et, dans ses yeux, soudain, il y a un peu d'hier, presque de la tendresse; et en moi, une seconde d'espoir fou.

« Je veux que tu saches que j'agirai le mieux possible pour toi. »

Il se lève et vient près de mon fauteuil. Tout mon corps le sent approcher. Voici sa main sur mon épaule. Et, malgré moi, j'y appuie ma joue, mais doucement, pour ne pas l'effrayer, cette main, et la garder un peu. Je répète : « Alors ne m'enlève pas d'ici. Je veux rester. » Ici, c'est mon arbre, c'est le chêne au cœur duquel, enfant, j'avais fait ma maison et d'où je regardais les adultes parler de choses graves comme la guerre, l'amour ou la séparation.

« De toute façon, dit-il, rien ne presse. Je ne sais pas pourquoi je t'ai parlé de ça aujourd'hui, mais tu prends les choses si... formidablement ! »

Il dégage sa main, avec précaution lui aussi. La pendule du salon a sonné deux heures. « Je dois y aller ! L'affaire Grosjean. »

Une affaire difficile pour laquelle je me suis passionnée, moi aussi.

« Où en êtes-vous ?

– On va gagner. »

Je connais ce qui passe dans ses yeux : plaisir, fierté. Il y est ! Pour son travail, Julien a toujours gardé l'enthousiasme des premiers jours.

« Il va pleuvoir », dit-il.

Et comme il ouvre la fenêtre et tend le cou vers l'extérieur, je remarque ses cheveux mouillés sur la nuque. Il a pris une douche. Il s'est changé aussi. On voit encore les plis de sa chemise. Pourquoi a-t-il attendu d'être à la maison ? Il n'y a donc pas de salle de bain chez elle ? Il ne se sent donc pas tout à fait chez lui, chez elle ?

Je demande : « Comment s'appelle-t-elle ? »

Il a un sursaut. Il ne s'y attendait pas.

« Anne. »

Son regard passe au-dessus de ma tête, la rejoint je ne sais où, je ne sais quand.

« Ne crois pas que ce qui se passe soit à cause d'elle. Enfin... uniquement !

– Alors, à cause de qui ? De quoi ? »

Et il dit : « Voilà ! Depuis quelque temps, j'étouffais ! »

J'ai fermé les yeux. A côté de moi, contre moi, il étouffait et je n'avais rien senti. Je ronronnais dans les « toujours », il m'avait déjà quittée. Il pensait : « Voudra-t-elle garder l'appartement ? » Et le soir, tandis qu'en confiance, en paix, en certitude, je m'endormais au creux de son épaule, les yeux grands ouverts, il se demandait : « Quand vais-je lui annoncer ? Comment le prendra-t-elle ? »

La révolte est montée en moi : pourquoi ne m'avait-il pas avertie tout de suite ? J'ai lancé :

« J'ai fait un chèque pour le vin, samedi. »

Il m'a regardée sans comprendre.

« Dois-je te rendre ton chéquier ? »

Je ne sais si c'était moi ou lui que j'avais envie de blesser. Il est resté très calme.

« Ce n'est pas " mon " chéquier, mais le nôtre. »

Et sans méchanceté, avec douceur, il a ajouté : « Si tu me le rends, comment vivras-tu, Claudine ? »

Je n'ai rien trouvé à répondre. Parce qu'il me faisait vivre, c'est vrai ! Depuis vingt-cinq ans, il me nourrissait, me logeait et payait mes vêtements. Faire vivre. Faire respirer. Permettre d'exister. Partager l'existence. J'étais assaillie de mots dont il me semblait comprendre seulement le sens. Comme ils étaient beaux !

Nous avons quitté le bureau. Il avait glissé dans sa serviette un gros paquet de dossiers. Le courrier était sur le buffet, les journaux. Nous sommes abonnés à plusieurs revues. J'aime les choses qui reviennent régulièrement. Certains font partie de ma chair. Dans ma tête, s'égrènent des carillons d'église, passent des bruits lointains de trains, grince la bicyclette du facteur que j'aimais, enfant, guetter des heures parce qu'un jour, en recevant une enveloppe bleue ornée d'un avion, ma sœur avait pleuré de bonheur.

Il y avait une carte d'Eric, en vacances en Afrique. « *Monsieur et Madame Langsade.* »

« J'ai appelé Gilles, a dit Julien. Je lui ai un peu expliqué. Il voudrait te voir le plus tôt possible. »

Gilles : avocat. Mon ami avant de devenir le sien. Il faisait bien les choses, Julien. Il ne se favoriserait pas.

Je me suis entendue demander, la voix calme cette fois : « Nous prendrons le même avocat ?

– Si tu es d'accord. C'est le mieux, crois-moi. Et les choses seront moins pénibles une fois la situation clarifiée. »

Sa voix exprimait son soulagement. J'étais redevenue celle qui prenait « si formidablement » les choses.

« Quand tu dis " clarifiée ", tu penses " séparation " ou " divorce " ? »

C'était la première fois que le mot était prononcé et pourtant, depuis que Julien avait annoncé son intention de me quitter, il était là, tout le temps.

« Si l'on a vraiment décidé de ne plus vivre ensemble, ne crois-tu pas qu'il vaut mieux dire " divorce" ? »

Il s'est penché sur ma joue : « Je t'appellerai ce soir. » Et comme il m'embrassait, sa main, en un geste habituel, a pris ma nuque.

Alors je suis tombée contre lui. Enfin redevenue moi-même, je l'ai entouré de mes bras et j'ai supplié. Non, je ne prenais pas les choses formidablement. Moi je n'avais rien décidé, je n'avais pas changé, jamais je n'avais étouffé avec lui, et sans lui j'étais perdue et je voulais qu'il reste.

Il m'a tenue longtemps contre lui sans bouger, sans répondre à mes appels parce que ses réponses auraient été soit des mensonges soit des blessures supplémentaires et son silence montrait mieux que tous les mots qu'il n'y avait aucun espoir à garder et, un jour dont je ne me souvenais pas, j'avais fait dans l'obscurité et sans le savoir une dernière fois l'amour avec mon mari.

7

JE me suis jetée sur mon lit et j'ai crié. J'ai crié que Julien était un salaud, que je n'en pouvais plus et autant mourir. Entre les cris et les sanglots, le silence tombait, l'absence de réponse : l'absence. De l'autre côté du carreau, loin, dans un monde qui n'était plus le mien, coulaient les rumeurs de la vie et je découvrais que la souffrance, en plus, est prison.

C'est en prenant une photo de Julien et de moi sur sa table de nuit que j'ai constaté que sa timbale avait disparu. C'était une timbale en argent qu'il avait reçue pour sa première communion. Il y tenait beaucoup. Il paraît que chez lui chaque enfant utilisait ainsi son cadeau de communion jusqu'à l'adolescence. Lui, il continuait à y boire la nuit; l'intérieur était en vermeil et l'eau y devenait précieuse.

La timbale n'était plus là. Il me reprenait aussi son enfance, ces moments où, avec des rires un peu lointains, un peu tremblants, il évoquait pour moi les paysages et les jeux d'autrefois, où, dans mes bras, sans trop le lui montrer, je serrais aussi la fragilité.

Et cela a été trop. J'ai appelé Fabienne. Elle m'a dit : « Viens! Vite! » Je m'arrachais du lit, je changeais mon jean contre un tailleur et cachais mes yeux sous des lunettes noires. Quelqu'un m'attendait, cela changeait tout, bien que cela me fît pleurer encore davantage. Je me suis jetée dans la rue.

L'air était doux et plein. Les gens marchaient sans savoir qu'ils étaient heureux. Je voyais des couples partout.

Le magasin de mon amie : *A L'Heure d'autrefois,* se trouvait dans un « passage » du côté des grands boulevards. Dans le temps, cela avait été une horlogerie. Fabienne avait laissé au-dessus de la porte le gros cadran doré avec son aiguille arrêtée pour toujours et elle vendait du rétro, des habits de grand-mère, des sacs, lampes, fume-cigarette, d'étranges stylos, tout ce qu'elle pouvait glaner et qui disait à voix basse, avec le strass, l'écaille, la dentelle, ce qui ne reviendrait plus.

J'ai laissé ma voiture au parking. Le magasin n'était qu'à une centaine de mètres.

« Madame! »

C'était bien moi que l'homme appelait. J'ai cru avoir fait tomber quelque chose et je me suis arrêtée. Alors seulement j'ai remarqué qu'il y avait à ses pieds une petite bassine en plastique jaune remplie d'eau et une valise ouverte renfermant toutes sortes de boîtes et de flacons.

« Voulez-vous vous asseoir un instant, je vous prie. »

Quelques badauds s'étaient arrêtés aussi. D'une main, l'homme a ouvert un pliant, de l'autre, il a appuyé sur mon épaule. Je n'ai pas résisté. Ce n'était pas par désarroi. Je me serais assise hier. Je m'assiérai demain. J'ai toujours été la proie rêvée des démarcheurs à domicile, des vendeurs de miracle, des illusionnistes.

L'homme a fait un geste vers les badauds : « Vous voyez là une personne élégante. Une femme qui, certainement, a ce qu'on appelle des « moyens » et qui nous vient apparemment de la bonne société. »

Des gens se sont mis à rire. Je me suis rendu compte que c'était de moi qu'il parlait et maintenant je regrettais de m'être arrêtée, mais je n'osais me lever et souriais pour indiquer que j'étais là de mon plein gré.

Le doigt de l'homme est descendu vers mes chaussures : des mocassins. Tous les regards s'y sont fixés.

« Eh bien, cette jeune femme que voilà est trahie par ses chaussures, je dirai plutôt, trahie par le produit qu'elle emploie pour les nettoyer. Pourtant, du premier coup d'œil, vous pourrez constater que celles-ci sont en cuir véritable. Madame n'emploierait pas du plastique, du retourné, du n'importe quoi. Ce n'est pas le genre de Madame. »

Il y a eu de nouveaux rires. J'ai fait un mouvement pour me lever. L'homme a appuyé sa main sur mon épaule. Il a murmuré, tout près de mon oreille, d'un ton suppliant : « C'est presque fini. » Et à voix bien haute :

« M'autorisez-vous à prendre votre mocassin ? »

Il n'en était pas question, mais, avant que j'aie pu répondre, il avait mis un genou en terre et, sous les yeux enchantés de l'assistance, voici que ma chaussure droite nageait dans la bassine d'eau.

A présent, ne craignant plus de me voir échapper, il rameutait le plus possible de monde, désignant la naufragée, me désignant.

Parmi ceux qui s'étaient arrêtés, il y avait un couple d'une cinquantaine d'années, peut-être davantage. Ils me regardaient avec sympathie. Ils avaient l'air d'apprécier le moment et échangeaient des sourires pour vérifier qu'ils éprouvaient bien les mêmes sentiments. Tous deux étaient très laids, surtout la femme. On avait l'impression qu'elle en avait rajouté exprès avec ses cheveux teints, son maquillage exagéré, son corsage orné de fils brillants et je pensais que chaque jour, dans les journaux, il y avait l'histoire d'une femme comme celle-ci que son mari, ou son amant, un homme comme celui-là, avait tué parce qu'elle ne l'aimait plus.

Lorsqu'il a jugé avoir suffisamment de public, l'homme a sorti mon mocassin de l'eau et l'a présenté, ruisselant, à la ronde. Instinctivement, les gens s'écartaient.

« La chaussure de Madame a maintenant subi ce qu'on pourrait appeler tous les " outrages de la ville "; elle est passée de la plus grande sécheresse à l'équivalent d'une pluie torrentielle. Elle vous paraît à tous inutilisable, vouée à la poubelle, à l'abandon. »

Tout en parlant, l'homme avait sorti de sa valise un séchoir à pile et le passait et repassait sur mon mocassin qui prenait un aspect grisâtre, cartonné. Personne ne parlait.

« Prenez, monsieur ! N'hésitez pas ! Prenez ! »

Il l'a fait circuler. Les gens le prenaient du bout des doigts, avec dégoût. J'avais honte. Je m'en voulais de m'être arrêtée, de me donner ainsi en spectacle.

Puis il est passé au moment important et on entendait presque dans l'air le roulement de tambour du suspense.

A l'aide de ce qu'on appelle une « bombe », il a abondamment vaporisé la chaussure. Il y a enfoncé la main et il a commencé à la faire briller.

Il la frottait sans hâte, avec douceur, s'attardant à certains endroits, en approchant parfois les lèvres pour souffler, ou sentir, je ne sais pas, mais ses gestes étaient si précis, intimes, qu'ils en devenaient indécents. Plus personne ne parlait; un type ne cessait de rire et c'était insupportable.

Lorsqu'elle a été vernie, lorsqu'on s'est imaginé pouvoir regarder le ciel dedans, il l'a brandie d'une main et de l'autre son produit. Le produit s'appelait « reluire ». Il n'a rien ajouté. C'était inutile.

Puis il m'a remis ma chaussure; elle était encore humide à l'intérieur mais je ne l'ai pas laissé voir. Je me suis relevée et tous ont pu constater la différence.

Il ne m'a pas proposé de faire l'autre. Il m'a offert son produit en me remerciant de l'avoir aidé dans sa démonstration. Il n'était pas très jeune et j'ai eu pitié de lui. Plus personne ne me regardait. L'attention allait à une longue jeune fille que des badauds poussaient vers le pliant. Elle portait des cuissardes. A la fois elle riait et se débattait. On voyait bien qu'au fond elle était toute prête à céder.

Je me suis glissée hors du cercle et j'ai repris mon chemin. C'est ainsi que je suis arrivée *A L'Heure d'autrefois,* une bombe de cirage à la main, entre le rire et les larmes, sur un seul pied en somme.

8

Ce sont souvent des détails qui fixent dans le souvenir, et pour toujours, les moments importants. Quelque chose a commencé à partir de la femme bizarrement chaussée poussant la porte du *Temps retrouvé*.

Dans ce magasin à peine éclairé, plein d'odeurs mêlées, où la voix d'un homme, éteinte depuis longtemps, récitait des poèmes à sa bien-aimée, une Fabienne inconnue de moi, en pantalon de soie serré aux chevilles, un châle jeté sur les épaules, me regardait venir vers elle.

Il y avait donc celle du vingt-huitième étage de la tour et celle de cette caverne qui, pleine d'un bonheur contenu, me faisait toucher des robes, des étoffes, sortait des bijoux d'un coffre, m'expliquait que tout ce qui était ici était authentique, que tout avait été porté, choisi, par des femmes qu'elle aimait à imaginer heureuses et légères, dont parfois elle entendait les rires! Et si les prix étaient élevés, c'est qu'elle vendait ce rire aussi. D'ailleurs, une cliente lui avait dit un jour qu'ici, plutôt que l'impression d'acheter, elle éprouvait celle de voler.

Puis elle m'a regardée et elle a déclaré : « Ça ne va pas! » Telle que j'étais, avec mon tailleur sage, mes souliers plats, mon chignon, je ne lui vendrais pas un objet, pas une épingle à cheveux. Si je voulais travailler avec elle, je devais rentrer dans le jeu, donner envie d'être belle et aimée. Je devais sortir de moi-même. Tout se recoupait. Ce jeu aiderait « l'autre » à éclore.

Elle m'a d'abord menée chez son coiffeur. Je l'entendais demander une teinte soutenue, une coupe mode, des reflets. Les reflets, je connaissais : il y en avait le matin à Chanterelle, sur la pelouse tissée et rosée. Il y en avait tant le soir quand le soleil sombrait dans la forêt que cela vous serrait le cœur.

Au pied de mon fauteuil, un jeune homme balayait des mèches châtain mêlées au blanc tandis que dans la glace, une étrangère, qui portait mon nom, touchait d'une main inquiète des cheveux aux reflets roux. C'était, certes, une jolie coiffure, mais sous la couleur éclatante les rides ressortaient davantage ! Il fallait maintenant adapter le visage aux cheveux.

Etendue sur une chaise longue, j'écoutais une esthéticienne m'expliquer ce que je devrais rehausser ou gommer pour mettre en valeur ma personnalité : le nez était correct, la bouche bien dessinée mais les paupières, lourdes, gagneraient à être effacées. Les rides, c'était la routine; un fond de teint approprié les atténuerait au coin des yeux et sur le front. Quant au cou, je découvrais que je l'avais oublié. Il devait se soigner tout particulièrement puisque, sur une tige flétrie, la plus jolie fleur perd son attrait.

La femme était habillée de blanc. Je me sentais redevenir enfant. C'était agréable de recevoir des ordres. Mon corps éprouvait le besoin de s'abandonner tout à fait. J'ai fermé les yeux. J'avais envie, soudain, là, d'être nue, vue, acceptée, caressée, aimée. Mais la séance était déjà finie; je marchais dans la rue, emportant les crèmes et les lotions magiques qui poseraient sur mon visage le masque de la jeunesse. Je me sentais bizarre, étrangère à moi-même, et, pourtant, sur ce visage soigneusement maquillé, pour la première fois depuis des années des hommes se sont retournés.

Restait le corps et, de ce côté-là, le travail à faire était considérable. Fabienne regardait sans indulgence ma taille épaissie, mes hanches trop rondes et mon ventre dépourvu de muscle. Voilà donc le spectacle que j'offrais à l'homme que j'aimais ? Avais-je oublié que désir et beauté vont de pair ?

Je n'aimais pas qu'elle me parlât ainsi. Il me semblait sentir en elle comme un secret triomphe. Cependant, je l'écoutais et, deux fois par semaine, sous les ordres d'un ancien militaire, je travaillais en compagnie d'autres femmes à tenir en échec l'inévitable. Parmi toutes les tortures qu'il nous infligeait, il y en avait une que je redoutais plus particulièrement : un allongement de tout le corps, appelé : « mouvement du tigre qui s'en vient boire à la rivière. » J'entendais craquer mes articulations, mes mollets durcissaient sous les crampes, j'avais l'impression de chercher, en un élan désespéré, à rattraper ma jeunesse.

Mais je parle de tout cela comme si beaucoup de temps s'était écoulé et que, d'une certaine façon, j'avais repris pied quelque part. Il s'est écoulé à peine une semaine entre le jour de la chaussure et celui où je me suis retrouvée dans le bureau de Gilles, mon ami avocat.

Il prend place sur le fauteuil à côté du mien, pose sa main sur ma main et dit : « Pauvre chérie ! »

Cette voix douce, amicale, c'est trop. La pitié, c'est trop. Je ne peux pas. Je comprends pourquoi les gens qui souffrent s'enferment, se barricadent. Je regarde fixement mes genoux pour ne pas pleurer. J'ai mis du noir à mes cils pour m'y aider : conseil de Fabienne. Il coulera. Ce sera affreux.

« Quand Julien m'a demandé de m'occuper de toi, de vous, si tu étais d'accord, j'ai d'abord refusé ! Puis j'ai pensé que c'était ainsi que je te rendrais le mieux service. »

Je dis : « D'accord. » Et : « Merci. » Il se lève. Lui aussi est ému. Gilles est un ami de toujours. Nous avons joué ensemble aux billes, puis au tennis. Lorsque je les ai présentés, sa femme et lui, à Julien, il les a tout de suite appréciés. Nous sommes partis plusieurs fois tous les quatre en vacances.

« Disons les choses telles qu'elles sont : Julien est décidé à divorcer. Je ne pense pas qu'il change d'avis. Quelles sont tes intentions à toi ?

– Je ne sais pas.

– Tu peux t'opposer au divorce. Tu peux aussi lui faire un divorce-guerre. Prouver ses torts. »

Je voudrais en être capable : pouvoir crier que Julien est un salaud, y croire, le haïr. Ce serait tellement plus facile. Mais la guerre, ce n'est pas pour moi; je ne saurais pas.

Gilles revient dans son fauteuil. Il remet sa main sur ma main. Je rassemble mes forces.

« Le divorce-guerre, qu'est-ce que cela changerait ?

– Rien ! Tu ne le récupéreras pas pour autant. S'il voulait divorcer pour se remarier, tu pourrais lui mettre des bâtons dans les roues, mais ce n'est pas le cas. Tu auras tout à perdre à employer ce genre de méthode. »

Je murmure : « J'ai tout perdu. » Ce sont les mots de tout le monde; on en sourit au cinéma; pourtant, ils sont si vrais !

La main de Gilles presse un peu plus la mienne.

« Quand on a tout perdu, crois-moi, si on perd en plus la possibilité de s'acheter un croissant pour le petit déjeuner, c'est encore pire ! »

Il sourit. Ma gourmandise est légendaire. Je réponds. Il se lève à nouveau et, cette fois, va s'asseoir derrière son bureau et ouvre un dossier.

D'une voix calme, nette, d'une voix de spécialiste,

il m'explique que le plus sage est d'opter pour un divorce demandé par consentement mutuel. Il n'est alors pas question de torts. Ils sont considérés comme réciproques.

Torts réciproques, consentement mutuel, j'ai l'impression d'une gigantesque farce.

« Sous quel régime êtes-vous mariés ?

– Je ne sais pas.

– Ça doit être une séparation avec communauté d'acquêts. As-tu des choses à toi, à toi seule, qui te viendraient de tes parents ? »

Chanterelle ! Une partie : J'ai un morceau de toit, quelques murs, une ou deux cheminées et tous ces souvenirs pour la chaleur et les regrets.

« Des meubles ? Des tableaux ? »

Le stylo est en suspens : « Quelques meubles. Deux ou trois tableaux venant de mes grands-parents.

– Et le reste ? A Julien et à toi ?

– A nous deux.

– Il me faudra une liste de tout ça avec la valeur approximative. Mais si je comprends bien, en gros, tu n'auras pour vivre que ce que te donnera Julien ! »

J'acquiesce : « En gros, oui !

– Et pour l'appartement ? Qu'allez-vous faire ?

– Je le garde. »

Je peux lire la surprise de mon ami : cinq pièces, catégorie élevée, pour moi toute seule ?

« Julien est d'accord. Nous en avons parlé. »

Je l'ai dit trop vite et avec agressivité. Et, comme il se doit, en réponse, la voix de Gilles est trop calme.

« Connais-tu le montant du loyer ?

– Cher. Très !

– Alors, comment le paieras-tu ? N'oublie pas que Julien devra se reloger. Il fait vivre sa mère, je crois. Il doit aider Mathilde. Pardonne-moi de te dire cela, mais, même s'il est décidé à se montrer très généreux, tu ne peux lui demander l'impossible.

— Je travaillerai. »

Il n'insiste pas. Décidé à être généreux. C'est horrible. Nous partagions tout. Gilles écrit à nouveau et moi, soudain, je pense aux mots qu'il a prononcés tout à l'heure : « Il n'a pas l'intention de se remarier. » Les voilà, les torts réciproques. Ce n'est pas d'une autre qu'il veut, c'est de moi dont il ne veut plus. Mes torts, cela a été d'être moi.

Convocation, requête, patrimoine, quand pourrais-je revenir le voir avec Julien pour constituer le dossier ?

« Est-ce que j'aurais pu faire quelque chose ? »

Il cesse d'écrire et me regarde. Je rassemble mes forces.

« Si je m'étais rendu compte, est-ce que j'aurais pu empêcher... ».

Ma voix s'est cassée et le noir aux cils n'empêche plus mes larmes de couler. Maïs cela me tourmente beaucoup. Je passe des nuits à me le demander. Quand cela a-t-il commencé ? Quel matin, le réveil n'a-t-il plus été tout à fait le même ? Aurait-il été possible d'enrayer le mal ? Et à quel moment cela a-t-il été trop tard ?

Gilles me prend contre lui. Je sanglote sur son épaule : « Julien m'a dit qu'il étouffait, tu comprends ? Il étouffait avec moi... »

Le regard de mon ami va vers la fenêtre, le ciel, l'oxygène.

« Il y a un âge où beaucoup d'hommes éprouvent ce sentiment. Ils regardent devant eux et ils se disent que rien ne changera plus vraiment, et c'est comme si la mort était là. Alors, certains envoient tout balader. C'est comme ça. C'est d'une terrible injustice... pour celle qui reste.

— Et toi ? »

Pourquoi pas lui ? Ils ont le même âge et font le même métier.

Gilles regarde le portrait de sa famille, autour de leur piscine, en Normandie. Il y a du soleil et, sur une pelouse, ses filles s'arrosent au jet.

« Moi ? Pour l'instant je ne pense pas trop à tout ça. Je manque peut-être d'imagination. »

Quand je me suis retrouvée dans la rue, j'ai vu qu'il avait plu. Le sol était mouillé; des odeurs montaient des arbres et le ciel, rosé, ressemblait dans la nuit qui tombait à un ciel de cinéma américain.

Un soir, avec Julien, un soir comme celui-là, d'automne mouillé, nous avions brusquement décidé d'aller marcher dans la ville, laissant en plan le dîner, confiant les enfants aux voisins.

Le long de l'avenue, les arbres avaient encore des feuilles, parfois nous recevions des gouttes, Julien tenait mon bras. Il avait une façon particulière de le faire : autoritaire. C'est pour les protéger qu'au début les hommes ont offert leur bras aux femmes : pour qu'elles puissent s'y appuyer comme je m'appuyais à celui de mon père, si fort, en montant à l'autel le jour de mon mariage.

Nous marchions sans parler. J'entends encore le bruit accordé de nos pas. Je vois l'eau couler le long du trottoir entraînant l'été avec les feuilles. Du roux, il y en a partout. L'hiver ne me fait pas peur. Tout est bien. J'éprouve un grand sentiment de richesse. C'est ma vie ! La pluie continuera à mouiller les villes, les saisons à se succéder et nous deux à les traverser, un vent de bonheur sur le visage.

Julien a regardé mes yeux. Il a serré plus fort mon bras. Le cœur me battait de joie. Je suis prête à jurer que, durant une centaine de mètres, sans rien nous dire, ce soir-là, nous avons vécu toute la vie ensemble.

9

Et puis la vie a continué malgré tout, malgré moi. J'avais aimé regarder couler le temps, je me jetais dans le flot, espérant y être engloutie. Je comprenais mieux maintenant pourquoi certains mettaient fin à leurs jours : pour ne plus voir les vagues aller et revenir comme si de rien n'était.

Chaque matin, j'ouvrais le magasin; c'était ainsi que je rendais le plus service à Fabienne : en lui permettant de traîner au lit, seule ou non. Je levais le rideau de fer, branchais les lampes, mettais de la musique, époussetais. Pour ranger, j'étais bien meilleure que mon amie. J'étais même trop bonne. Elle disait qu'elle ne s'y retrouvait plus et que sans un certain désordre l'âme disparaissait.

Quand, le matin, j'entrais dans le magasin, les odeurs m'assaillaient, des odeurs de vie flétrie, des odeurs de grenier, de fond de malle ou de penderie. C'était comme une présence.

Le *Temps retrouvé* était situé dans un passage; il n'y avait pas de fenêtre et, pour aérer, il fallait laisser la porte ouverte. Le ciel me manquait. Plus la journée avançait, plus j'avais envie de courir pour aller vérifier qu'il existait encore, avec ses bleus, ses gris, ses ineffables. Et ne pas savoir s'il faisait soleil ou pluie!

Jusqu'à midi, les clientes étaient rares; elles avaient souvent au bras un panier à provisions. J'espérais toujours voir entrer celle qui ferait le superbe achat qui comblerait Fabienne. Mais je ne savais pas les retenir. Alors qu'en offrant sa marchandise Fabienne donnait l'impression de faire une faveur, il me semblait, moi, demander la charité.

On dit de certains qu'ils « possèdent » leur vie, qu'ils en sont maîtres, et la guident et la prennent en main. Je ne possédais rien, ne tenais rien. Ma vie avait eu comme axe Julien, sans lui je tournais à vide. La seule chose qui m'empêchait de tomber complètement c'était l'attente. Je ne cessais d'attendre.

Un après-midi, à l'heure où la foule est la plus dense, je reconnaîtrais Julien parmi les gens arrêtés devant la vitrine. Son regard me chercherait. Il entrerait dans le magasin et, sans rien dire, viendrait à moi, prendrait mon bras, m'emmènerait, m'enlèverait.

Ce n'est pas le visage de Julien mais celui d'Eric qu'un soir j'ai vu apparaître dans la vitrine.

Il semblait hésiter à me reconnaître. Le front plein de rides, il avait cette expression butée que je lui avais vue tant de fois durant son enfance, devant une mauvaise note, une injustice.

Je suis sortie du magasin en courant. Je l'ai pris contre moi. Sa veste, son cou sentaient bon mon fils. Il était plus grand que Julien. Il me serrait fort. Cela faisait des siècles qu'un homme ne m'avait serrée ainsi, à me faire mal.

Sans me lâcher, il a regardé derrière mon épaule : « Tu dois rester là ? » J'ai dit « non ». Fabienne s'était absentée et ce n'était pas l'heure de fermer, mais tant pis !

Il n'est pas entré dans le magasin. Il m'a regardée arrêter la musique, éteindre les lumières, mettre dans mon sac le peu d'argent que renfermait la caisse. Je le sentais malheureux. Je me sentais gauche. Il m'a aidée à baisser le rideau de fer.

« On va à la maison ?

– Bien sûr ! »

Si j'avais voulu garder l'appartement, c'était pour ce moment-là aussi, où il dirait « la maison »; où je répondrais : « bien sûr ».

Dans sa voiture, il y avait un joli coussin au crochet fait par sa femme : Marie-Jeanne. Sous mes pieds, j'ai remarqué un peu de sable. C'est à cause de la proximité de la mer qu'Eric avait accepté ce travail d'ingénieur à Saint-Brieuc.

« J'ai trouvé la lettre de papa hier, en rentrant de vacances. J'ai essayé de t'avoir au téléphone. Tu n'étais pas là !

– Je dînais chez des amis. »

Il évitait de me regarder. Il a poursuivi avec défi : « Je viens de passer à son bureau. Je lui ai dit ce que je pensais de lui.

– Tu n'aurais pas dû. Ça ne changera rien. »

Il s'est tourné vers moi comme pour s'assurer que je pensais vraiment mes paroles et il y avait un reproche dans son regard. J'ai fixé la Seine. Les nuages s'y mêlaient à de grands nénuphars de crasse.

« Je ne l'ai pas trouvé bien du tout ! »

J'ai posé la main sur mon cœur. J'avais l'impression qu'il allait s'arrêter.

« Que veux-tu dire ?

– Il avait une sale tête. Pas du tout l'air heureux. »

Il n'aurait jamais dû me dire cela. J'ai répondu avec netteté :

« Il est pourtant décidé à divorcer.

– Voire !

Nous avons quitté les quais. Nous approchions. Il avait de nouveau son air buté. Je voyais ses doigts crispés sur le volant. Eric avait été un enfant loyal, droit, obéissant, aimant obéir, aimant partir avec son père pour de longues promenades dont ils revenaient l'air heureux, dont il revenait avec des airs d'homme. C'était un homme à principe, conscient de ses responsabilités et qui croyait en Dieu et en l'indissolubilité du mariage, ce mot si difficile à prononcer. Il me rappelait beaucoup mon mari, quand je l'avais connu.

Il a pris mon bras pour traverser la rue : les mêmes gestes que son père aussi. Il appelait l'ascenseur. Il m'ouvrait la porte, s'éffaçait pour me laisser passer. Normalement, quand il venait à Paris, c'était la fête. Je lui préparais le repas qu'il aimait. Julien rentrait plus tôt et tous deux nous nous amusions de l'entendre fourrager dans le placard de sa chambre où je lui avais gardé quelques affaires : sa collection de timbres, ses carnets scolaires, ses meilleures dissertations, des photos de classe.

J'ai vite allumé partout dans l'appartement, mais il n'y avait pas de fleurs, pas d'odeurs du côté de la cuisine, pas de tabac dans les cendriers, de journaux déployés, de corbeille à demi pleine. Son sac de voyage à la main, Eric regardait ce désert et il me semblait que pour lui aussi quelque chose était en train de mourir, là, sous ses yeux, et c'était insupportable et j'ai haï Julien.

Je lui ai demandé de me servir un whisky. Il est venu s'asseoir près de moi sur le canapé.

« Marie-Jeanne m'a chargé de te dire que tu pouvais venir à la maison quand tu voudrais, aussi longtemps que tu voudrais... Elle a été si bouleversée ! Tu sais combien elle vous admirait tous les deux.

— Nous admirait ?

— Enfin : admirait votre entente. »

J'ai dit : « Tu vois, je crois que je n'entendais plus ton père. Je n'ai pas su entendre qu'en réalité il n'était pas heureux. »

Il s'est levé.

« Pas heureux ! Ce sont des mots. Je voudrais que tu le voies maintenant. Maintenant il n'est pas heureux. Oui !

– Je ne sais pas. »

Je n'avais pas envie de parler de cela. C'était trop dur. Comme de recommencer à tomber.

J'ai demandé : « Et Marie-Jeanne ?

– Elle va bien. Elle est très occupée. »

Luc, Corinne : trois et deux ans.

« Heureuse ? »

Il n'a pas semblé bien comprendre ma question. Eric et Mathilde : trois et deux ans. C'est vrai, j'étais heureuse alors, moi aussi.

« Très. Enfin, j'espère. Elle a l'air. Pourquoi me demandes-tu cela ?

– Je ne sais pas. Mais elle a abandonné ses études... Je pensais... qu'elle n'aurait peut-être pas dû. »

Pourquoi disais-je cela ? Qu'allait penser mon fils ? Mais à cinquante ans, pouvait-il jurer qu'il n'étoufferait pas lui aussi ? Qu'il ne bazarderait pas tout, lui aussi ?

« C'est elle qui a désiré s'occuper des enfants. Je ne lui ai rien imposé.

– Je sais. »

J'ai posé ma main sur la sienne. J'avais aimé apporter la paix, le calme, je gâchais tout. Sa femme l'aimait et elle avait choisi pour leurs enfants la meilleure solution. Ils en étaient tous deux heureux. Voilà !

Il a touché mon front avec son front.

« Tu viendras chez nous ?

– J'essaierai. Mais je travaille, maintenant ! »

Mathilde a appelé. Elle a proposé de venir dîner

avec nous. Elle apporterait tout. Je ne devais m'occuper de rien. J'ai compris qu'ils avaient arrangé ça entre eux.

« En l'attendant, tu n'as pas envie de te changer, de te mettre à l'aise », a proposé timidement Eric en regardant mon visage.

J'ai retiré le fond de teint, le noir aux cils, le bleu aux yeux, le rose aux joues, le rouge aux lèvres. J'ai noué un foulard à la paysanne autour de mes cheveux. J'ai quitté mon tailleur et mis un pantalon. Je me sentais mieux. Je me sentais moi.

Avant de regagner le salon, j'ai appelé Julien au bureau. Il travaille toujours très tard. Il est rare qu'il rentre avant neuf heures du soir.

Cela n'a sonné qu'un coup. Sa voix disait : « Je suis absent. Vous pouvez laisser un message. Je vous rappellerai. Attendez le Top et parlez. Vous aurez deux minutes. »

J'ai attendu le Top. J'ai dit : « Je t'aime. Viens. Nous sommes tous là ! » Et avant que le silence ne me réponde, j'ai raccroché.

Mathilde est venue avec Nicolas, et finalement le dîner a été plutôt gai. Un dîner grec avec des œufs de poisson, des brochettes, du piment. Je ne pense pas qu'ils se forçaient à rire. Je pense que nous entouraient tous ces repas où nous avions été heureux ensemble; d'ailleurs, ils ont tous deux beaucoup parlé de leur enfance.

Ma fille et son ami sont partis avant minuit. Eric s'est retiré dans sa chambre; elle communique avec la mienne.

J'ai éteint tout de suite. Pour la première fois, depuis tous ces jours, le sommeil venait. Il venait parce que dans la pièce voisine il y avait de la lumière, un peu de bruit, quelqu'un.

10

PARFOIS, je regarde ces pages et j'ai l'impression d'écrire ce qu'il y a de plus banal, ce que chacun a vécu : l'amour, le don total de soi, la cassure, la solitude; et le désir éperdu de revenir en arrière; et la souffrance de savoir que cela ne se peut pas.

Parfois, je me regarde dans la glace et je vois le visage le plus banal du monde : les rides, aux endroits où elles apparaissent sur les autres visages, les cheveux qui blanchissent et, au fond des yeux, la peur secrète du vide.

Puis je pense que, pour chacun, les moments aigus de l'amour, de la mort ont le pouvoir de ramener le monde à leur dimension, celle de leur bonheur ou de leur désespoir, que pour chacun tout recommence comme si c'était la première fois : il y a autant d'univers que d'hommes pour y souffrir ou être heureux; alors je prends ma plume et il me semble toucher des mains.

Il faisait grand soleil quand j'ai retrouvé Julien au restaurant où nous devions déjeuner avant d'aller chez Gilles. L'air avait des parfums de printemps et j'y voyais des signes. Je portais mon tailleur neuf; le matin, j'étais allée chez le coiffeur; j'avais passé un long moment à me maquiller; je me trouvais belle; les mots d'Eric résonnaient en moi : « Il reviendra ! »

Il avait réservé la table ronde du coin, celle que je préférais. En me voyant approcher, il s'est levé. Il a eu un sourire hésitant : « J'ai failli ne pas te reconnaître. » J'ai pris place en face de lui. Je le sentais troublé. Sa main a effleuré mes cheveux, la nouvelle couleur de mes cheveux. Il détaillait mon visage. Il s'est penché.

« Et Madame se parfume, maintenant!

– Tu vois... »

Déjà le garçon était là avec son carnet pour prendre la commande; il paraissait content de nous revoir.

« Cela faisait longtemps!

– Mais oui, a dit Julien. Nous avons été très occupés. »

Il lui a rendu la carte : « Comme d'habitude. »

D'habitude, c'était le chariot de hors-d'œuvre et le plat du jour.

« Le vin aussi?

– S'il vous plaît. Dès maintenant! »

Nous ne prenions jamais d'autre apéritif au restaurant, mais nous aimions savourer ensemble un vin de qualité avant l'arrivée des plats.

Le garçon a noté avec un sourire complice. Je sentais se faire autour de nous comme des soudures; c'était très important que ce serveur ne sache rien, que pour lui nous soyons toujours mari et femme! Très important que Julien ait dit : « Comme d'habitude », sans me consulter. Nous nous trouvions dans un moment hors du temps, ni hier, ni aujourd'hui; pour moi, un moment sans souffrance où j'aurais voulu rester toujours.

J'ai porté le vin à mes narines avant de le goûter : « comme d'habitude » aussi. Julien souriait en me regardant.

« Alors! Raconte un peu! Avec Fabienne, comment ça marche? »

Il n'avait jamais eu cet air-là : d'avoir hâte. Quelque chose s'est serré dans ma poitrine. J'ai commencé à raconter : mon travail, les objets, les clientes. Je savais maintenant reconnaître celles qui ne venaient que pour voir, humer, qui n'achèteraient rien : elles avaient une façon de se tenir en retrait des objets, comme par respect. Je les comprenais. Parfois, lorsque j'étais seule dans ce magasin, il me semblait entendre sourdre, de la nappe encore frémissante du passé, une sorte d'appel : c'était, en moi, comme les derniers cercles d'une pierre jetée dans l'eau, ce moment où ils deviennent le lac.

Julien m'écoutait d'un air intrigué. Le garçon poussait près de notre table le chariot de hors-d'œuvre : « Laissez, disait mon mari, je m'en occupe. » Il prenait mon assiette sur la sienne pour me servir; il connaissait mes préférences.

« Alors? »

Alors, ma présence permettait à Fabienne de renouveler son stock. Elle procédait très simplement : elle passait chez les concierges, donnait un billet, s'enquérait s'il vivait dans l'immeuble quelque très vieille personne, se faisait présenter, buvait autant de thé, suçait autant de bonbons qu'il fallait, écoutait toutes les confidences et, pendant ce temps repérait les objets, les possibilités. Il était rare qu'elle revînt bredouille. On finissait toujours par accepter de lui vendre quelque chose.

« Tu ferais ça, toi? a demandé Julien.

— Jamais! »

Ma réaction avait été vive; il a souri.

« Mais Fabienne ne vole personne, ai-je ajouté, elle paie bien plus que les brocanteurs.

— L'ai-je accusée de voler? »

Toujours cet autre regard, amusé. J'ai commencé à puiser dans les tas colorés qu'il avait disposés sur mon assiette. Au restaurant, avant, il arrivait que nous ayons de longs silences; ils ne me pesaient pas; ils nous réunissaient : une façon paisible de s'aimer.

Il me regardait différemment et, pour la première fois, le silence m'a épouvantée. Il ne fallait pas, surtout pas, que se brise le lien nouveau tissé entre nous par mes paroles. J'ai appelé « l'autre » à mon secours, celle aux cheveux auburn dont les lèvres laissaient au bord du verre et sur la serviette des traces orangées. J'entendais « l'autre » raconter, en les reprenant à son compte, des histoires arrivées à Fabienne, n'importe quoi pour maintenir la lumière dans ce regard. Et pendant ce temps, moi, je regardais mon mari, et ce cou, à quelques centimètres de ma bouche. Je m'imaginais y appuyant les lèvres, j'ai senti son odeur, j'ai reconnu le grain de sa peau, il m'a semblé que je basculais vers lui et le désir a été si fort que j'ai fermé les yeux.

« Ça ne va pas ? »

Il avait posé sa main sur la mienne.

« Si ! Juste un peu de fatigue. Parle, toi. A ton tour.

— Plein de travail ! Trop de travail ! »

C'était vrai qu'il avait maigri et que sa mine n'était pas bonne. Il portait une chemisette de tennis. Il a vu mon regard.

« Je m'y suis remis un peu. C'est dur. J'étais complètement rouillé la première fois, mais ça n'a pas trop mal marché. Mieux que j'aurais cru après tout ce temps.

— Elle joue au tennis ? »

Il a incliné la tête. « Elle m'écrabouille. »

Il avait eu beau retenir sa voix, j'y ai senti la lumière; le fil s'est rompu; il n'avait jamais existé. Ils jouaient au tennis ensemble. Qu'est-ce que j'avais espéré ?

Le plat du jour était devant moi. Julien remplissait mon verre de vin. Je n'avais plus envie de parler. Il s'est éclairci la gorge.

« Le matin, c'est ma secrétaire qui lit la bande des messages téléphoniques. Si tu as quelque chose de personnel à me dire, comme l'autre soir, j'aimerais mieux que tu attendes de m'avoir réellement. »

J'ai mis quelques secondes à me souvenir. Tout va si vite! Je suis perdue dans le temps. A certains moments, je sens comme des grands pans de vie qui tombent. Je me sens comme ces maisons en démolition dont il ne reste que quelques murs à vif et l'on se dit : « Là, c'était la cuisine! Là, une chambre d'enfant; et là, regarde, la place du lavabo! » « L'autre soir », c'était celui où nos enfants étaient là. J'avais attendu le « Top » et dit : « Viens, nous t'attendons », et dit : « Je t'aime. » La secrétaire avait lu le message. J'ai senti le sang envahir mon visage. J'ai fini mon verre. J'aurais voulu être à Chanterelle et courir, et courir à n'en plus pouvoir, n'en plus penser.

« Ce n'est pas si grave que ça », a dit Julien.

C'est au dessert que nous sommes passés aux choses sérieuses. Il avait commandé une tarte à la rhubarbe pour moi et, pour lui, un premier café. Il m'a montré la serviette de cuir noir, à ses pieds.

Là, se trouvaient les documents nécessaires pour que Gilles puisse rédiger la requête en divorce : le contrat de mariage, le livret de famille, l'état de son compte en banque et d'autres papiers dont je ne me souviens plus. Je ne devais pas me laisser impressionner : les choses se passeraient simplement. On parlerait beaucoup « gros sous » parce que c'était cela, un divorce! Une suite d'opérations, un partage des biens.

Le serveur versait le café : première tasse pour moi, seconde pour lui. J'avais peur qu'il comprenne de quoi nous parlions alors je souriais pour donner le change. Lorsqu'il n'y avait plus d'enfants à la maison, expliquait Julien, les problèmes étaient relativement simplifiés. Avais-je suffisamment réfléchi pour l'appartement? Les loyers s'envolaient, même si Fabienne me payait bien il ne voyait pas comment j'y arriverais.

L'alcool de poire fleurait bon dans le verre-ballon glacé que Julien me tendait pour que j'y trempe un sucre. Gilles avait demandé que nous lui apportions la liste de nos meubles avec leur valeur approximative; si nous nous débarrassions maintenant de cette désagréable corvée?

« Le buffet », dit-il.

« *Le buffet* », écrit-il. Combien? Il faudra le faire estimer : le rustique a pris une valeur folle.

La commode, non! Elle me vient de ma mère. On ne parle que des meubles faisant partie de la communauté, ceux achetés ensemble. La commode, non.

« La table de la salle à manger », dit-il.

« *La table de la salle à manger* », écrit-il. « Nous l'avions trouvée aux Puces, tu te souviens? Pas très belle mais quatre rallonges! Si pratique pour les réceptions, les fêtes. »

Lustre et tableaux, oui. Tout cela à faire estimer, datant des premières années de notre mariage.

« Le secrétaire, non, dit Julien. C'est celui de mon grand-père... »

Bibliothèques et livres, oui. Il faudra faire un lot avec les lits, les objets usuels, sans valeur aucune.

Tu pleures, Claudine? Il ne faut pas. C'est pour la forme; uniquement sur le papier. Si tu veux, tu pourras tout garder. Moi, finalement, sauf les souvenirs de famille, je ne tiens vraiment à rien.

11

Et il y avait les choses à apprendre, les choses bêtes, les choses simples : aller seule au cinéma, par exemple, demander « une » place, se frayer un chemin parmi les gens ensemble, éviter de regarder les têtes rapprochées, les mains unies et, le film terminé, quitter la salle sans pouvoir échanger ses impressions et se jeter, cœur et lèvres serrés, dans le flot des passants.

Apprendre à mettre un seul couvert, à manger malgré tout, à manger assise; et j'avais tant de fois répété aux miens qu'un repas se partage et qu'alors c'est la joie! Apprendre, le matin, à faire son lit même si dans quelques heures, sans que rien ne se soit passé ici, il faudra le défaire : apprendre à faire sa moitié de lit.

Résister à la tentation de se terrer et apprendre à aller seule chez des amis. Parfois, durant ces dîners où l'on avait la bonté de m'inviter, la bonté! j'éprouvais une certaine chaleur; mais sous celle-ci il y avait toujours, plus ou moins aigu, le sentiment d'être seule, dépareillée, en plus, en trop.

Sortant de ces dîners, il fallait apprendre à monter seule dans une voiture, à ne pouvoir dire à personne : « C'était bien », ou : « J'avais sommeil, et toi ? »

Le mot « seule », combien de fois, en quelques lignes, l'ai-je répété? Et je n'ai pas parlé d'autres choses quotidiennes : ne plus écouter monter l'ascenseur en se disant : « C'est lui. » Ne plus courir au téléphone, sa voix battant à vos oreilles. Apprendre à ne plus espérer.

Et un soir, pour la première fois, j'ai appris à pousser seule la porte d'un restaurant.

« Vous êtes combien ? »

Le serveur a l'air pressé; derrière moi, trois personnes attendent : deux hommes et une femme. Je dis : « Je suis seule. » Les yeux de l'employé font le tour de la salle; sur toutes les tables, il y a plusieurs couverts, au moins deux.

« On est vendredi! C'est toujours chargé, le vendredi. »

Je propose : « Je peux partir. » Il me semble que tout le monde me regarde et se demande ce que je fais là. Il a dû sentir quelque chose dans ma voix : « On va bien vous trouver un coin, allez! »

Il me trouve une table près d'un escalier et, tandis que je retire mon imperméable, il fait prestement disparaître le second couvert.

« Là, vous serez bien! Vous serez tranquille! »

Je m'assois. Je suis venue parce que je n'en pouvais plus de tranquillité, parce que, le vendredi, c'était un jour où nous sortions, je suis venue pour essayer d'avoir faim.

« Que prendrez-vous ? »

J'ouvre le menu. Souvent, avec Julien, nous ne prenions qu'un seul plat afin de profiter des fromages, mais, ce soir, parce que je monopolise une table pour deux, je me sens le devoir de dépenser une certaine somme d'argent, donc de prendre un hors-d'œuvre. Le serveur attend! Le devoir aussi de ne pas traîner.

« Un avocat et un steak.

– Et comme boisson ? »

Il désigne la liste des vins. J'ai envie de vin mais

honte d'en commander pour moi toute seule; et que choisir?

Je tends le doigt vers un nom qui me rappelle quelque chose. Dans mon souvenir, c'est un vin rouge, frais et léger. Et, prenant mon courage à deux mains, pendant que j'y suis, je demande qu'on me l'apporte tout de suite.

C'est un restaurant avec des poutres au plafond, des nappes rouge vif sur les tables, des bougies et des fleurs. J'ai ma bougie et ma fleur. La plupart des tables sont prises. Je suis la seule femme seule. Deux fois seule.

D'un haut seau à glace, le garçon sort une toute petite bouteille. Je lui dis : « Vous vous êtes trompé, j'ai commandé du vin rouge. » Avec un sourire, il me montre la carte : « Mais c'est du blanc, madame! Voulez-vous que je vous change la bouteille? » Je refuse, bien sûr. J'ai les joues en feu.

« Désirez-vous le goûter? »

A nouveau, il me semble que tous les yeux sont fixés sur moi. Je porte le verre à mes lèvres. « Ça va! » Est-ce que j'invente le sourire ironique sur les lèvres de mon voisin? L'employé remplit à demi mon verre et s'éloigne.

Rassemblant mon courage, je relève la tête. Deux couples sont en train de s'installer à une table ovale; les tables ovales sont les meilleures parce que la conversation peut être générale. Les hommes aident leurs compagnes à retirer leurs manteaux; elles rient sans raison; de plaisir.

J'éprouve un malaise profond, une insécurité totale; je suis consciente du moindre de mes gestes. Je n'aurais jamais dû venir : seule parmi les autres, c'est dix fois pire.

Je sors mon agenda et en tourne les pages comme si j'avais quelque chose de très important à y trouver. Dans cet agenda, il y a « avant » avec des pages noircies de menues choses à faire avec ou sans Julien : « avant-la-joie »; et il y a « depuis » : des pages presque blanches : « Depuis-le-vide. »

A *Dimanche,* j'inscris « *Mathilde* ». Nous devons déjeuner ensemble. Je dîne chez Gilles la semaine prochaine. J'inscris : « *fleurs*. » Je vais apporter des fleurs. J'inscris « *Eric* ». Il faudra que je lui écrive. Il m'appelle régulièrement au téléphone : « Alors »? Je réponds : « Alors, rien! »

J'écris machinalement, dans un brouillard, pour paraître occupée.

« Voilà votre hors-d'œuvre, madame. »

C'est au moment où j'entame mon avocat que je crois voir entrer des amis : les Boisset. La honte m'envahit comme un raz de marée : honte d'être vue seule avec mon vin, ma fleur et ma bougie. Je me casse en deux. Je fais semblant de ramasser quelque chose et quand j'ose me relever je vois qu'on les installe non loin de moi; je vois aussi que ce ne sont pas les Boisset.

Alors que j'ai attendu très longtemps l'avocat, je l'ai à peine terminé que le garçon dépose le steak devant moi. Mon verre est vide. Il oublie de le remplir. Je ne me suis jamais, au restaurant, servie moi-même de vin. On m'a appris que cela ne se faisait pas. On a appris à Julien qu'un homme ne devait pas laisser vide le verre d'une femme.

Je tends la main vers la bouteille, la sors, ruisselante, du seau et remplis mon verre. Pas trop. Que personne ne puise penser que je noie un chagrin d'amour, que je souffre de la solitude, que je suis une femme abandonnée et que ce dîner me torture.

Comme je remets la bouteille dans le seau, mon regard croise celui d'une jeune femme. Elle me sourit. Les yeux me brûlent, c'est tout. Je progresse.

« Vous prendrez autre chose, madame?

– Un roquefort-beurre. »

Et tout de suite je comprends que j'ai commis une erreur. Là-bas, la caissière me regarde; un couple attend près d'elle. Voilà pourquoi cette hâte soudaine à me servir.

Le fromage est déjà là et ils ont oublié le beurre. Je n'aime pas le roquefort sans beurre. Chez moi, on les servait toujours mêlés sur du pain bis tiédi. Je lève la main pour réclamer. Le garçon refuse obstinément de regarder dans ma direction. Julien, lui, n'aurait qu'un signe à faire et il serait déjà là. « Et le beurre de madame, voyons ! » Le garçon s'excuserait. Je ne saurais où poser mon regard. Mon mari me sourirait; ce serait merveilleux.

J'ai mangé mon roquefort comme ça. On ne m'a pas demandé si je voulais prendre un dessert; le couple attendait toujours. J'avais envie de crier : « J'ai fini ! » L'addition était déjà là. J'ai sorti mon chéquier.

J'avais été le commander récemment avec Julien : un chéquier à mon nom où chaque mois il verserait la somme convenue avec Gilles. On m'avait proposé d'avoir ma photo sur les chèques; ravi de l'idée, Julien m'avait tout de suite emmenée dans une cabine automatique.

Les cinq photos sont sorties de l'appareil. D'habitude, je ne suis pas flattée sur ce genre de portrait, mais, ce jour-là, la femme qui apparaissait était bien coiffée, maquillée, nette; elle était même parvenue à sourire. C'était vraiment de jolies photos.

Nous les avons regardées ensemble pour choisir la meilleure. J'ai dit : « Pour une fois, tu ne trouves pas qu'elles sont bonnes ? » Mon cœur allait vite. Je n'avais encore jamais osé demander à Julien ce qu'il pensait de « l'autre ».

Il m'a regardée et a regardé à nouveau les photos. Il a un peu hésité. Il a dit : « Pas mal ! Mais finalement, tu vois, je crois que je t'aimais mieux avant. »

12

« ÇA ne va pas, dit Fabienne. Ni pour toi, ni pour moi. Ça ne peut pas continuer! »

Elle parle tout près de mon visage. Je sens son souffle, son parfum m'écœure.

« Tu ne t'intéresse à rien! Tu te fous de tout! »

On vient de nous voler un objet : un beau : un vase ancien. Cela s'est passé entre quatre heures et quatre heures dix et je suis entièrement responsable. J'étais seule dans le magasin. Soudain, j'ai eu faim de ciel, jusqu'à l'angoisse. J'ai couru vers la rue : une grande respiration, la vie! Cinq minutes, la vie! Et, au retour, plus de vase; et maintenant Fabienne hors d'elle, ennemie.

« Tu restes dans ton coin comme ça! Comme rien! Tu donnes aux clientes envie de se barrer, voilà tout.

– J'ai envie de me barrer! »

Je l'ai dit! Enfin! Oui, je déteste ce travail. Je n'en peux plus de ces odeurs, de cette tombe. Parce que c'est une tombe, ici. Tout ce que nous vendons je l'ai connu vivant, moi! Ces tabatières, mon grand-père y plongeait les doigts. Il y avait des fleurs dans ces vases; on allumait ces lampes et, le soir, pour dîner, ma grand-mère et sa mère portaient ces dentelles et ces tours de cou. Mes photos d'enfant sont dans des albums semblables à ceux que feuillettent les clientes. Je hais ce travail. Je me méprise de le faire. Nous volons tout le monde : les pauvres vieilles qui, pour un peu d'argent, ont bradé leurs souvenirs, et ces femmes qui espèrent tirer une chaleur de ce qui fut la chaleur des autres. Qu'est-ce que ça leur dit, tout ça ? Qu'est-ce que ça dira chez elles ? Sur elles ? La nostalgie ! Et encore !

« La nostalgie, ironise Fabienne. Tu peux bien en parler, toi qui vis dans le passé. Toi qui t'accroches aux branches tombées. »

Je montre les objets : « Et toi, tu ne t'y accroches pas ?

– Moi, j'en fais du fric, dit Fabienne, pas des conserves. Je n'ai pas dit que je ne regrettais pas ce temps-là mais c'est fini, je l'accepte. Toi, tu refuses. Tu te bouches les yeux. Tu veux que je te dise, Claudine ? Tu continues à attendre Julien. C'est peut-être parce que tu l'aimes, mais c'est aussi parce que tu as la trouille, la trouille de te lancer, la trouille de la vie. »

Je m'entends aboyer : « Qu'est-ce que tu en sais ? Est-ce que tu as vécu plus de deux ans avec un homme ? Est-ce que tu en as eu des enfants ? Est-ce que tu as jamais tout partagé avec quelqu'un ? »

Elle ne répond pas tout de suite. Je l'ai blessée, mais elle, elle me déchire.

Elle va à la porte, la ferme à clef, revient.

« O.K., dit-elle. Parlons-en. Parlons d'amour. Parlons partage. Qu'est-ce que tu lui donnais à ton bonhomme ? La même gueule, les mêmes rengaines, le même spectacle depuis vingt ans. Et tu t'étonnes qu'il en ait eu assez !

– Tu n'y connais rien. Il y avait des tas de choses entre nous. Des tas d'autres choses. »

Elle a un sourire : le sourire odieux de celle qui s'imagine tout savoir.

« Des tas de choses ? Les enfants ? La tendresse ?

La complicité, ton grand mot? Mais un bonhomme, ça ne vit pas que de ça; il lui faut de la vie, du mouvement, de l'imprévu, du grand large. Le seul reproche que je fais à Julien c'est de ne pas t'avoir donné des coups de pied dans le derrière au lieu d'attendre d'être à bout et de te dire " terminé "! »

Je nous revois au restaurant, Julien et moi. J'entends sa voix : « Alors? » Comme son regard brillait! J'ai menti pour lui plaire. J'ai raconté n'importe quoi. Est-ce cela qu'il fallait faire? N'importe quoi pour le surprendre?

« Je ne voulais pas de mensonges entre nous.

– Qui t'a parlé de mentir? ricane Fabienne. Je parlais de changer vraiment, d'évoluer. C'est trop facile de dire " pas de mensonge ". Bonne excuse pour s'endormir. »

Elle me regarde comme elle sait le faire parfois, de la tête aux pieds, et j'ai peur de ce qu'elle va me dire.

« Au lit aussi il avait peut-être besoin d'une femme réveillée, d'une femme qui aime faire l'amour.

– Qu'est-ce que tu crois? »

J'ai crié. Pour qui me prend-elle? J'ai donné cela aussi à Julien : mon plaisir. Et ce moment où l'on voudrait, pour recevoir celui qu'on aime, s'ouvrir davantage, n'être qu'accueil. J'ai entendu ma voix l'appeler. J'ai brûlé. Mais peut-on garder son corps éveillé à l'autre pendant vingt-cinq ans? Devais-je feindre le plaisir? Le désir? Là aussi, tricher?

« Ne me dis pas que tu ne l'as jamais fait! Que tu n'as jamais fait semblant de dormir pour y échapper. Toutes les femmes mariées que je connais font ça.

– Tout le monde n'attache pas autant d'importance que toi à ça! »

Elle rit. Je n'aime pas ce rire. Il vient du ventre, du sexe.

« Mieux vaut en attacher trop que pas assez. Tu ne comprends pas seulement les gens avec tes yeux, ou ta tête. Tu dois les comprendre aussi avec ton corps. Mais ça, on ne le sait que quand on est bien avec ! »

A la porte, il y a une femme qui nous regarde. Elle a essayé d'ouvrir. Elle a frappé et Fabienne lui a fait signe que non. Pourtant, elle reste là; elle tente de voir.

Je dis : « C'est maintenant que je ne me sens pas bien avec mon corps. Je me sens déguisée.

– Surtout depuis que ton Julien t'a dit qu'il t'aimait mieux avant. Il t'a dit ça et tu as tout laissé tomber. Mais celle d'avant, qu'est-ce qu'il en avait fait, s'il te plaît ? Il l'avait larguée. »

Je me lève, prends mon sac. Comment peut-elle se montrer si impitoyable. Je n'ai aucun mot pour répondre. Je n'ai plus que la force de lutter contre les sanglots. Je ne lui ferai pas ce plaisir-là. Je vais vers la porte.

« C'est ça, dit-elle. Va-t'en. Fuis. Quand tu auras compris que ton travail n'est pas un passe-temps mais une nécessité, que tu es obligée de gagner ta croûte, tu reviendras.

– Ce n'est pas avec ce que tu me donnes que j'y arriverai. »

Dans ses yeux, il y a maintenant du mépris, ou de la pitié, je ne sais, c'est pareil.

« Tu as eu ton père pour se charger de toi, et après, Julien. Tu ne pensais quand même pas que j'allais prendre le relais ? J'ai essayé de te donner le coup de pouce, c'est tout. Encore faudrait-il que tu regardes les choses en face. »

Je suis arrivée à la porte. Je me retourne et je montre à nouveau cet endroit, ce rêve mité, ce passé en miettes. Entre son dix-huitième étage et cette cave, entre deux aventures, que regarde-t-elle ?

« Mon compte en banque, dit-elle. Et bien en face.

Parce que les beaux discours sur l'amour, tu peux t'en passer, mais tu ne peux pas te passer de bouffer. Et ça, tu ne le sais pas encore. Tu n'as jamais eu à le savoir. C'est peut-être pour ça que depuis que tu es là c'est la catastrophe. Tu ne vends rien. On se fait piquer un maximum de trucs. »

La porte est fermée; elle a la clef dans la main. Je reviens la chercher. Les mots de Gilles cognent à mes oreilles : « Crois-moi, quand on a tout perdu et en plus la possibilité de s'acheter un croissant pour le petit déjeuner! » J'entends Julien aussi : « As-tu bien réfléchi pour l'appartement ? » Le monde entier est dressé devant moi. Je suis seule pour l'affronter. On veut me faire abandonner le peu qui me reste, ce qui tient encore debout. J'ai envie de mourir.

Et je marche dans la rue. Quand je respire, il y a dans ma gorge des sifflements; à nouveau ce plomb. Mais quelque chose est différent. Pire. Il y avait la déchirure, la solitude, l'espoir. Fabienne m'a fait découvrir la peur. Elle a raison. J'ai la trouille, oui, la trouille! La trouille. A crever.

13

JE suis arrivée à Chanterelle un peu après onze heures. La barrière était ouverte, et cela m'a étonnée. Généralement, mon père va la fermer avant de se coucher, après le bonsoir aux moutons; de toute façon, c'est son chemin!

Et tout de suite Pierrot a été là, sautant comme un fou contre la portière au risque de passer sous les roues, labourant le carreau de ses griffes, essayant de toucher mon visage. Je criai : « Mais attends! Patience! C'est moi, oui, c'est bien moi! » C'était formidable d'être accueillie par cette joie, et quand j'ai ouvert la portière et qu'il m'a embrassée j'ai pensé que depuis plusieurs jours personne d'autre ne l'avait fait et, tant pis! je lui ai livré mon visage.

J'avais arrêté la voiture assez loin de la maison pour ne pas réveiller mon père. Ce soir, je n'avais pas envie de paroles. Je voulais seulement dormir près d'une autre respiration et partager avec quelqu'un le café du matin : rentrer à la maison.

En passant près du hangar où se trouve le pressoir, j'ai senti les pommes. J'ai deviné les hauts tas verts prêts pour faire le cidre!

Je suis descendue droit vers la maison, me frayant un chemin entre les rosiers. Mon père les avait sûrement nettoyés, retirant branchettes et feuilles mortes, laissant la part de l'hiver, la part haute qui gèlerait. Et au printemps, vous taillez au-dessus du troisième bouton et vous avez beau porter manches et gants, le soir, vos bras sont griffés et brûlent sous la douche.

Il faisait vraiment noir, mais mon pied, mon nez reconnaissaient chaque centimètre de terrain. Qui ose prétendre que la nuit tue les odeurs ? Une brise les rabattait vers mon visage; elles étaient toutes là : celle de la pelouse, du vieux tilleul, celles du buis, et le tronc des arbres, et l'odeur des branches agitées, l'odeur du soir avant d'aller dormir; et quand je suis passée près du hangar où l'on range les transats, j'ai senti la grosse toile verte imprégnée de soleil et d'été.

Je pensais entrer par le sous-sol où, pour Pierrot, on laisse toujours une porte ouverte, mais en passant devant l'entrée principale j'ai constaté qu'elle non plus n'avait pas été fermée.

J'ai retiré mes chaussures et je suis entrée. J'étais venue comme ça, sans rien, juste mon sac. J'étais venue comme le chien abandonné, au nez, au flair, au désespoir. Si je n'avais pas eu de voiture, j'aurais marché, j'aurais couru : j'aurais trouvé.

Des braises rougeoyaient dans la cheminée devant laquelle le pare-feu était déployé. Le bruit de la pendule découpait le silence, les mains tendues devant moi je tâtonnais à la recherche du canapé : le bois de la table, la paille dorée des chaises, le grain du mur, chaque chose parlait à mes paumes, leur confiait sa chaleur mêlée de souvenirs : miel et nostalgie. Dans cette pièce au cœur battant l'enfant rentrait, la femme rentrait; et j'étais bien les deux : l'enfant qui cherchait et redoutait l'aventure, la femme que la vie y avait précipitée; elles respiraient toutes deux par ma poitrine et cela a été si fort qu'un instant je n'ai plus su qui j'étais et j'ai compris la folie.

J'ai regardé un moment les braises. J'ai caressé le ventre offert de Pierrot-le-chien étendu sur le canapé où, avec de longs soupirs il s'apprêtait à dormir comme d'habitude, à la place du maître, ignorant royalement la couverture prévue pour lui, semant partout ses poils gris-jaune. Le sommeil venait, la paix. Alors je me suis levée et j'ai gagné ma chambre.

Mon lit était fait; il y avait des fleurs sur la commode et, pliée sous mon oreiller, une des grandes chemises dans lesquelles j'aimais à dormir. J'étais bien « rentrée ».

Et j'ouvre les yeux; cela sent le café partout. On cogne à ma porte. On entre sans attendre la réponse.

« Eh bien, sais-tu quelle heure il est? »

Il essaie de prendre l'air rugueux, mon père, mais je vois sa joie à ce quelque chose qui tremble au coin de sa lèvre. Pierrot, les deux pattes sur le lit, cherche à recommencer la cérémonie des baisers. Je cache mon visage sous le drap.

« C'est lui qui m'a annoncé que tu étais là. Il était fou! Si tu l'avais vu voulant m'obliger à mettre une seconde tasse pour le café! »

Je tends la main vers la main qui se tend. On m'arrache au duvet. Pour qu'on chauffe les chambres, ici, il faut que la pelouse soit couverte de givre. Les pieds sur la peau de mouton. Les lèvres sur la joue de mon père, sur la tendresse mêlée de barbe. Il me retient un instant contre lui. Pas trop.

« Allez! Le café est prêt. On dirait que tu en as besoin. »

Besoin? J'en boirais toute la journée, assise en face de cet homme en pantalon de travailleur. Je le regarderais toute la journée me beurrer des tartines.

« Et n'oubliez pas les coins s'il vous plaît! »

« J'ai ouvert le dernier pot de framboises. Il y avait un peu de moisissure sur le dessus mais elle est fameuse, tu verras! »

J'étale la confiture. Je vois! Comment se fait-il que le dernier pot soit toujours le meilleur? Et le fond du dernier pot meilleur encore? Un autre goût. Il verse le café dans mon bol, le marie avec juste ce qu'il faut de lait. Sans crème surtout. La crème, cela se garde pour les gâteaux. Après, il allume sa pipe et il attaque.

« Tes cheveux ? Qu'est-ce qui leur est arrivé ? Et tes sourcils ? Où sont-ils passés, tes sourcils ? »

Machinalement, je touche mes cheveux. J'avais complètement oublié. J'avais laissé « l'autre » à Paris.

« Pourquoi as-tu fait ça ? »

C'est dit sans colère, mais avec un immense étonnement. J'ai disposé, sans autorisation, d'un héritage.

« Je ne sais pas. Pour être mieux... pour plaire.

— Plaire à qui ?

— Aux gens.

— A Julien ? »

Il l'a dit si doucement ! J'incline la tête. Avec lui, j'accepte. Oui, à Julien ! Les dernières munitions. Sans y croire vraiment. « Je t'aimais mieux avant... »

Son regard va vers la fenêtre, bleu délavé, bleu ciel de fin de journée. La pelouse est couverte de silence mouillé.

« Ça va se lever, dit-il. Ça sera plus agréable pour faire le cidre. Je te préviens que c'est la journée continue; tu n'as pas intérêt à laisser de tartines. »

Je la connais sa journée continue ! Cela veut dire qu'il n'y aura pour déjeuner que du jambon, du fromage et une galette aux pruneaux que je devine sous une serviette.

Je rencontre son regard. Je dis : « Julien s'ennuyait avec moi. Vingt-cinq ans avec une même femme, c'est long. Il avait besoin d'autre chose. Je ne me suis doutée de rien. »

Ce sont les paroles de Fabienne et je m'entends les répéter sans rancune. Peut-être aurait-elle pu me les dire moins durement !

« J'étais moche. Je m'endormais. Je ne lui apportais rien de neuf. »

Il écoute sans broncher, mais je vois, à la lisière des cheveux blancs, le front rougir. Sa main serre fort le fourneau de sa pipe. Quand je me tais, il attend un moment puis il demande :

« Tu as fini ? »

Oh ! sa voix. Quelle tempête ! A la fois j'ai peur et une envie de rire qui ressemble au bonheur.

« J'ai fini.

– J'ai connu une fille comme ça, gronde-t-il. Elle a voulu changer pour plaire à quelqu'un. Elle est devenue girouette. Elle s'est perdue. Tout simplement. Folle ! On a dû l'enfermer. »

Il jette sa serviette sur la table, se lève et marche dans la cuisine. La cuisine devient minuscule. Il l'emplit. Etendu sur le carrelage, Pierrot le suit d'un regard amoureux. Cela me fait mal; les chiens ont ce même regard pour le maître qui s'apprête à les abandonner.

« Joue la comédie ! Déguise-toi ! Fais le singe ! A quoi ça t'avancera ? Si ton mari s'y laisse prendre, tu le mépriseras, tu te mépriseras, toi aussi. »

Il me regarde tout entière : « Tes vingt ans, tu ne les retrouveras jamais. Tu as quarante-cinq ans et, quoi que tu fasses, entre Julien et toi, entre un homme et toi, ça ne sera plus jamais comme avant, ce n'est pas possible, voilà tout ! »

Fabienne m'a mise devant une glace et elle m'a ordonné : « Lutte ! » Il me met devant une glace et il me dit : « Accepte. » Et je suis si fatiguée !

Je sens ses mains sur mes épaules.

« Quel est l'imbécile qui t'a dit que tu dormais ? Est-ce qu'on dort quand on aime la vie comme toi ? Quand on la sent comme toi ? Julien t'a aimée telle que tu es. Ce n'est pas de ta faute s'il a changé. Tant pis pour lui ! »

Sa voix a tonné; et alors, c'est drôle, je sens revenir mon corps. Je sens la vie le traverser et l'emplir et j'ai faim. Faim pour un mois de repas solitaire de boîtes de conserve, de hâte, de grisaille.

Il répète : « Tant pis pour lui ! » Et je dis une chose stupide : à cause de ses mains sur mes épaules et de mon corps qu'il fait revivre.

« Tu te rappelles ? Je te demandais en mariage ! Je n'avais pas tort ! »

Ses mains pressent un peu plus mes épaules, puis me lâchent. Il revient en face de moi. Il boit une gorgée de café.

« Je vais te raconter une histoire :

« Ils étaient mariés, ma mère et lui, depuis plus de dix ans. Ma sœur et mon frère leur donnaient du bonheur. Les cheveux de ma mère tournaient au gris, son ventre n'avait jamais repris tout à fait sa forme; lui, il avait de l'estomac et les mauvaises langues osaient prétendre qu'il ronflait la nuit, mais ils étaient bien ensemble; ils avaient l'impression qu'ils ne seraient plus jamais seuls.

« C'était quelques années avant la dernière guerre. On avait beau se boucher les yeux, on la sentait venir. En Allemagne, un cinglé appelait à la violence; de terribles rumeurs couraient sur le sort réservé à certains. En Bretagne, c'était les grandes marées; ils sont partis là-bas.

« Ils ont marché jusqu'à une île. La mer, en montant, l'isolait tout à fait et ceux qui s'y laissaient prendre devaient attendre le lendemain pour revenir.

« Ils se sont étendus sur ce ruban de terre et de rocher, aimé des mouettes, frangé de goémons, de bigorneaux et de crevettes. Ils ont laissé la mer les entourer et ils se sont aimés. Loin des bruits de bottes, ils ont célébré la paix.

« Et neuf mois plus tard, tu venais au monde ! »

Il me prend les mains. Je sens l'importance du cadeau qu'il vient de me faire, lui si réservé : cette belle histoire entre ma mère, lui et moi.

« Alors, ne triche pas avec toi-même. N'oublie jamais : fille de la liberté ! »

Et fille des odeurs aussi car, en certains endroits, l'île était couverte de genêts et l'odeur mêlée à celle des goémons était si forte qu'on croyait la voir monter en brume vers le ciel.

Pierrot se lève d'un bond. Aboyant comme un fou, il se jette sur la porte, l'ouvre avec ses pattes et galope vers le tracteur qui se range près de la maison. Nous le voyons sauter sur l'homme qui le conduit et que l'on entend protester d'ici.

« C'est Lamourette, dit mon père. Il vient nous rappeler à l'ordre ! »

Lamourette retire sa casquette pour me serrer la main.

« Votre père disait bien que vous seriez là pour le cidre ! Il disait : " Si on la voit pas, c'est qu'on nous l'a changée ! "

– Et alors ? bougonne mon père. En cette saison, presser les pommes, c'est ça l'important, non ? »

Il me regarde et ses yeux sourient et mon cœur se gonfle.

« Surtout que cette année, ça va être du fameux », approuve gravement Lamourette.

Nous rions. Chaque fois, c'est la même chose. Lamourette regarde ces tas de petites pommes de rien du tout, les branches qui les ont portées, le ciel, le soleil s'il y en a; il pense à la pluie, à la terre, à son bonheur; tout cela monte à ses lèvres et il dit : « Ça va être du fameux. »

Nous y avons passé la journée ! Après avoir broyé les pommes, nous en avons rempli la cage du pressoir, puis les hommes ont installé les bois et ils ont commencé à descendre la haute vis. C'était le grand moment, et Lamourette avait raison, le jus était fameux : ce qu'il fallait de sucre et de poisseux et avec ça d'une miraculeuse fraîcheur.

Au début, il a coulé très clair, puis il est venu à flots; à la fin, il fallait se mettre à deux pour tourner.

Il était près de cinq heures quand j'ai tenu le gros entonnoir tandis qu'ils versaient dans le tonneau les seaux pleins de jus. C'était fini. Il ne restait dans le pressoir qu'un épais gâteau de pommes que notre voisin ferait tremper un ou deux jours avant d'en tirer la boisson dont il se régalerait toute l'année.

A nuit tombante, nous sommes descendus, mon père et moi, jusqu'au bout du champ pour voir l'endroit où il avait fini par prendre la sauvagine.

La lutte avait duré un mois entre eux. Chaque soir, elle le narguait de ses aboiements et affolait les brebis. Chaque nuit, elle pénétrait dans le jardin et rôdait autour de la bergerie. Il avait attendu des heures près du grillage avec son fusil, mais, comme toute renarde qui se respecte, elle brouillait les pistes, entrant par un chemin et ressortant par l'autre. Il l'avait manquée vingt fois.

Et, il y a trois jours, il remarque, sous le grillage, un trou avec plus de poil que les autres, et il y place sans y croire un piège tout bête : un nœud coulant de fil de fer.

Au matin, elle était là. Elle avait tant lutté qu'il avait trouvé son poil à trois mètres de là.

Comme nous revenions vers la maison, je lui ai annoncé que je ne retournerais pas travailler chez Fabienne. J'allais chercher autre chose : un vrai travail. J'ai dit : « un vrai ». Je ne sais pas bien pourquoi.

Lamourette nous attendait dans la cuisine. Nous avons bu un pichet de jus nouveau. Je n'osais prendre que de très petites gorgées; j'avais l'impression de boire la vie pure.

Bien que la nuit fût là, nous n'avons pas allumé : ils ont beaucoup parlé de foin, de semences et des agneaux à naître. A un moment, j'ai eu l'impression de voir la terre tourner.

14

EN entrant, on voit d'abord, en gros, en lettres capitales, le mot « Jeunes ». Et si l'on s'approche un peu plus, le mot « pacte ». « Jeunes qui cherchez un premier emploi. » « Jeunes qui êtes libérés des obligations militaires. »

Ils sont nombreux dans l'agence, la plupart groupés au bout de la salle devant le mur tapissé d'affichettes. Certains prennent des notes; plusieurs ont un casque de moto sous le bras.

J'ai mis un pantalon, un blouson, des lunettes noires : une tenue neutre. J'imaginais un endroit différent, plus inquiétant peut-être. Je redoutais, à l'entrée, une employée qui me questionnerait. Personne ne fait attention à personne. Les gens entrent et sortent librement. La pièce est spacieuse, éclairée au néon rose. On pourrait se croire dans une agence de voyage; il manque la musique douce et, aux murs, les paysages d'ailleurs. Il manque la promesse du soleil.

Le long du mur, sur des chaises, les candidats au travail attendent leur tour pour venir s'asseoir devant les bureaux où se tiennent les employés. Au centre de la salle, un distributeur de tickets.

Une femme vient d'entrer, le visage gris sous un foulard, l'air de savoir. Elle a un filet à la main au fond duquel pèsent quelques pommes. En passant, elle va prendre un ticket puis se dirige vers les affichettes. Je la suis.

« Prière de présenter vos certificats de travail en formulant votre demande. »

Je murmure : « Et lorsqu'on n'a pas de certificat ? »

La femme se retourne, me regarde : « C'est seulement pour les emplois qualifiés », explique-t-elle.

Elle ressemble à une femme de ménage qui a travaillé chez moi à l'époque où les enfants étaient petits. Je la remercie. Je déborde d'une immense gratitude : n'importe quelle main, n'importe quelle bouée !

« Il y a aussi l'aide publique, dit-elle, on ne perd rien à faire la demande. »

Elle a parlé comme pour elle-même, penchée vers les fiches que son regard parcourt très vite. Celles-ci sont classées par catégories : secrétaires, comptables, vendeuses, coiffeuses, demande personne ayant expérience, employée de bureau aimant les chiffres, au-delà de quarante ans s'abstenir, jeune débutante, expérience souhaitée, dix-huit à trente ans. Rien ! Rien pour moi. Et j'éprouve à la fois une angoisse et un soulagement.

« Pardon, pardon ! »

On me bouscule, des gens détachent des fiches. Rien que pour faire ce geste, tirer ce petit bout de papier, il me semble qu'il doit falloir un courage fou. Dehors, des femmes font leur marché, choisissent parmi les superbes étalages de fruits et de légumes, œuvrent au plaisir de leur famille. Bientôt, elles rentreront chez elles et, dans les odeurs de maisons habitées, dans le calme, s'affaireront aux tâches de la maison. Mon Dieu, est-ce bien moi, là ? Il y a sûrement dix façons de chercher du travail. J'ai couru à la pire, pourquoi ? C'est un autre univers ici, il ne sera jamais le mien. Je le refuse.

« Quand tu auras compris que tu dois gagner ta croûte... » Fabienne a raison. Je n'ai pas compris. Je ne veux pas. Je n'ai qu'une envie : rentrer chez moi, fermer les issues, oublier.

« Employée de bureau, même débutante. »

Je pense à Fabienne et, me faisant violence, la main tremblante, j'arrache la fiche; puis je vais prendre un ticket et m'asseoir à une place qui vient de se libérer.

J'ai le numéro trente-neuf. De leur bureau, les employés appellent. Alors, vous vous levez, vous traversez la salle, vous venez vous asseoir en face de l'un d'eux, vous tendez votre fiche, il lit, il vous interroge. Certains décrochent leur téléphone.

« Attention ! Vous devez vous présenter à l'emploi proposé par l'Agence avec la carte qu'elle vous a délivrée. »

Debout devant moi, deux hommes, dont l'un en bleu de travail, discutent à voix sourde; le mot « patron » revient régulièrement. Un jour, j'ai été la patronne. J'avais mis une annonce dans le journal et des femmes se sont présentées à l'emploi proposé. Je n'ai eu qu'à choisir. La tête haute, un jeune homme aux cheveux longs, qui pourrait être mon fils, regarde autour de lui avec un sourire, trop ironique pour n'être pas désespéré. Ses chaussures de tennis ne sont qu'un trou. Qui l'embauchera comme ça ? Il va faire peur, c'est tout. Une femme dort, assise, son ticket à la main. Il y a des gens de couleur. Et de tous ces êtres, de la même façon que mon père voyait, sur l'île, monter les odeurs, je vois monter, moi, comme un halo gris : la détresse.

« Madame ! »

Mon voisin m'a tapé sur l'épaule. Je lui souris. Lui, pas ! Il dit : « Vous ne croyez pas qu'on est assez nombreux comme ça ? »

Son débit est empâté, son haleine sent l'alcool. Et

voilà que son regard me détaille, me juge : il s'arrête sur ma main, ma bague. C'est une bague riche qui me vient de la mère de Julien. Je ne la quitte jamais. Quand je me lave les mains, au restaurant, je la tiens entre mes dents pour être certaine de ne pas l'oublier.

Je n'ose cacher cette main mais je me détourne. Mon cœur s'affole.

« Qu'est-ce que vous avez, vous, les femmes, à toutes vouloir travailler ? Qu'est-ce qui vous arrive ? On s'ennuie chez soi ? »

Il me parle comme à une enfant. On sent qu'il répète des mots auxquels il n'a pas réfléchi. Ils n'en sont que plus méprisants, presque haineux. S'il le pouvait, je crois qu'il me frapperait.

Maintenant, il prend les autres à témoin : « Pourquoi elles nous volent notre boulot ? Vous comprenez ça, vous ? »

Deux Noirs se détournent, l'air gêné. Un homme ricane. Une révolte immense me bouleverse. Je voudrais pouvoir crier; les larmes qui montent sont d'impuissance. Je n'ai rien choisi, moi, ni à vingt ans de ne pas travailler, ni d'être ici aujourd'hui. C'est un homme, un homme comme lui qui a choisi pour moi. C'est un homme qui me condamne, après m'avoir souhaitée « femme à la maison », à devenir chercheuse d'emploi. Mais il ne pourra jamais comprendre ça. Il est trop loin, trop perdu dans son propre problème. De toute façon, je ne connais pas les mots, je n'ai connu que ceux de la douceur, du quotidien. Je ne me suis jamais battue; un homme me protégeait, voilà !

Sous mes lunettes, les larmes affluent. Je n'en sortirai jamais. Chaque jour apporte un supplément d'angoisse. Au début, c'était la souffrance intolérable de perdre celui que j'aimais, comme ma chair qu'on déchirait, et maintenant, sur cette chair à vif, voilà la peur d'un monde que je découvre, un monde de lutte, d'indifférence. Ces mêmes gens qui, au cinéma, vont pleurer sur le sort d'une femme abandonnée, que feront-ils pour moi ? Au cinéma les femmes seules sont belles, intéressantes, émouvantes; elles finissent toujours par trouver un travail, un compagnon; ça s'arrange. Ça ne s'arrange pas. Trop moche, trop peu courageuse, rien. « Rien », a dit Fabienne. On appelle le trente-neuf.

« Asseyez-vous », dit l'employée.

Elle est métissée; on sent du soleil sous sa peau. Elle bâille derrière sa main en rangeant des papiers. Hier, je ne lui aurais pas accordé un regard. Aujourd'hui, je me sens comme une enfant devant elle : en son pouvoir. C'est cela, la liberté ! Que personne, plus personne, n'ait de pouvoir sur vous, votre vie, votre bonheur, vos lendemains.

Je lui tends la fiche : « Employée de bureau, même débutante. » Elle me regarde.

« C'est plutôt des jeunes qu'ils demandent quand il n'y a pas de qualification. »

J'explique : « Je n'ai jamais travaillé; enfin, j'ai élevé mes enfants. » Je parle le plus bas possible comme si j'avouais une faute.

Elle me sourit avec une certaine gentillesse.

« Vous devriez suivre une formation. Vous avez encore des enfants à charge ?

– Non. Ils se débrouillent.

– C'est ennuyeux, dit-elle. Ça aurait aidé. »

Pourquoi ? Comment ? Elle me désigne, à l'autre bout de la pièce, une cage vitrée.

« Il faut que vous alliez voir la conseillère. Elle vous fera passer des tests. Elle vous aiguillera. Prenez votre tour. Ça ne sera pas long. »

Je lui laisse ma fiche et vais prendre mon tour. Ce n'est pas long, en effet ! Une petite demi-heure, mais durant laquelle j'ai si peur que l'ivrogne ne revienne à la charge que mes mains sont trempées.

La conseillère est une femme d'une cinquantaine d'années : tailleur, coiffure, maquillage impeccables. Elle me désigne un siège. Je recommence à avouer : pas de qualification, pas de diplôme, jamais travaillé en dehors de la maison. Les mots viennent difficilement. J'ai trop chaud. Je ne sais pas ce que je fais là. De toute façon, ça ne marchera pas. Tous ces dossiers sur son bureau m'épouvantent. S'agit-il des tests ? Devrais-je les passer maintenant ? Je ne saurai pas. Je ne saurai rien.

« Le mieux serait que vous suiviez une formation professionnelle, dit-elle. Recevez-vous une aide de votre mari ?

– Oui.

– Vous pourrez donc vous assumer pendant cette formation ? »

C'est une question. « En fait, dis-je, mon mari paie mon loyer, c'est tout. C'est un loyer cher. »

Je me souviens des paroles de la femme devant les offres d'emploi : « L'aide publique. On ne perd rien à faire la demande. »

« Ne puis-je pas bénéficier de l'aide publique ? »

Elle semble étonnée. Je vois, sur mes vêtements, sur moi, son regard plus attentif.

« A combien se monte l'aide de votre mari ? »

J'hésite. J'ai le sentiment de m'être engagée dans un chemin piégé. J'aurais dû répondre tout de suite; maintenant, si je ne dis pas la vérité, elle le sentira. Elle me sourit. Un peu d'espoir revient. Même âge que moi, elle doit, elle aussi, être attachée à un lieu, à des souvenirs. Elle comprendra. Le cœur battant, j'énonce le chiffre.

Son visage se glace.

« Savez-vous que l'aide publique se monte seulement au tiers de ce que vous recevez de votre mari et qu'elle est destinée aux personnes sans ressource aucune. »

Je sens le sang envahir mon visage, descendre dans mon cou. Il y avait dans sa voix une telle réprobation ! Autant finalement que dans celle de l'homme qui m'a injuriée tout à l'heure.

« Est-ce que vous tenez vraiment à travailler ? » demande-t-elle.

Et j'étouffe soudain. Je devrais dire quelque chose, je ne peux pas. Elle ne fait rien pour m'aider. Elle ne fera plus rien. Je me lève. Je traverse la salle en courant. Je suis dehors, enfin. Je me rattrape au mur.

« Allez, dit une voix, une voix ferme, allez ! Calmez-vous donc ! Vous serez bien avancée quand vous vous retrouverez dans la voiture de Police-Secours ! »

LA MAIN

15

Il a un visage fatigué, des cheveux grisonnants, des yeux très bleus qui m'interrogent. Ça tourne. Tout tourne.

Je murmure : « Je crois que je vais m'évanouir. » Je sens sa main qui prend mon coude : « Est-ce que vous vous sentez la force de marcher jusqu'au café ? »

Je ne réponds pas parce que j'ai trop mal au cœur, mais j'essaie d'avancer. Il me tient par la taille, maintenant. Dans la grande avenue, des voitures, plein de voitures. Tout près, des gens arrêtés; il y a surtout une femme avec une veste de fourrure et un chien. Très belle. Une voix : « Vous voulez que je vous aide, monsieur ? La pharmacie n'est pas loin. » J'avais si chaud ! Je suis glacée ! « Est-ce que vous voulez vraiment travailler ? »

« Nous y sommes presque. Courage ! »

Quand j'ouvre les yeux, je suis assise sur une banquette et il me tend un petit verre dans lequel tremble un liquide orangé.

« Buvez ! »

Je trempe le bord de mes lèvres. Du cognac. Je ne peux pas.

« Il le faut ! Allez ! »

Je bois une gorgée. Les larmes montent à mes

yeux, à mon nez, je tousse. Il fouille dans sa poche et me tend un mouchoir de papier : « Ça va aller mieux, vous allez voir. » Je me mouche, j'essuie mes yeux, j'ai vingt ans. Non ! J'ai quarante-cinq ans.

« Voilà les couleurs qui reviennent. »

Ce manteau sur mes épaules, de grosse laine grise, est sûrement le sien puisqu'il est en veston. J'ai un mouvement pour le lui rendre. Il m'arrête.

« Gardez-le encore un peu. »

Devant un flipper, un jeune s'affaire. Il pousse la machine avec son ventre, ses reins; on dirait qu'il fait l'amour à la fille nue entourée d'étoiles qui s'allument lorsque la bille cogne aux bons endroits. C'est triste.

Le visage sur la main, mon voisin me regarde. Ils tirent sur le gris, ses yeux; la couleur en est comme fanée. Je dois partir. Je ne peux pas rester ici avec cet inconnu; mais je me sens si lasse, vidée : une enveloppe.

Par-dessus mon épaule, le regard de l'homme va vers la porte vitrée, la dépasse.

« La première fois, ça fait toujours un sale effet. Moi, en sortant de l'Agence, j'ai pris une cuite terrible. Ici même, tenez ! On devrait appeler ce café : *Le Relais des chômeurs.* »

En un souffle, je constate : « Parce que vous étiez là-bas, vous aussi ?

— Quand les amis ne peuvent ou ne veulent plus rien pour vous, il ne reste que ça et les petites annonces. La supériorité de l'Agence sur les petites Annonces, c'est qu'en principe ils essaient de vous éviter les pièges. »

Je le regarde mieux : veste et chemise fatiguées, cheveux trop longs sur la nuque, un laisser-aller, un abandon, mais j'invente peut-être.

« Ça fait longtemps que vous cherchez ? »

Il ne répond pas directement. Il dit d'une voix

sourde : « Quand ça dure, le plus difficile, voyez-vous, c'est de garder la volonté de trouver. C'est fou ce qu'on peut se jouer la comédie.

– On peut également – et je parle malgré moi, je m'en veux de parler, je lui en veux aussi à lui d'être là, preuve, miroir de ma misère, mon échec – n'avoir jamais cette volonté. »

Ma voix s'est cassée. Il a baissé une seconde les yeux et maintenant, le menton sur la main, de tout son regard, il m'encourage à continuer. Mais je ne veux pas ! Aucune envie de raconter ma vie à n'importe qui, de remâcher le vide comme ces gens alignés sur des chaises attendant qu'on les appelle par un numéro. Je ne fais pas partie de leur monde et n'en ferai jamais partie. Je vais rentrer dans un appartement que j'aime, qui est beau et lumineux, où des meubles aux coins arrondis me racontent des histoires heureuses, où chaque objet parle à mes mains. Je vais fermer les rideaux de ma chambre, et dormir, et effacer.

L'homme ne regarde plus mon visage mais mon poing fermé.

« Chaque jour, dit-il, dans ce genre d'endroit, il y a des gens qui mordent; surtout quand ils voient entrer une belle dame qui serre dans sa main les clefs de sa voiture. Il ne faut pas leur en vouloir. »

J'ouvre ma main : les clefs sont là; elles ont marqué ma paume. C'est que, durant tout ce temps, ce temps qui n'en finissait pas, je ne pensais qu'à m'en aller. L'homme disait : « Pourquoi nous volez-vous notre travail ? » D'une autre façon, la conseillère me répétait la même chose. Et moi, pauvre imbécile, je demandais à bénéficier de l'aide publique. J'ai honte.

Je dis : « Merci ! Merci beaucoup », et je me lève, laissant sur la banquette le manteau à doublure usée. Il se lève aussi. Il n'a rien bu, lui. Il pose une pièce sur la table. J'aurais dû proposer de payer. J'ai sûrement plus d'argent que lui. Il n'a certainement jamais eu le culot de demander à bénéficier de l'aide publique.

Le ciel est bleu glacier mêlé d'écume et je pense à la mer. Les gens marchent vite, tendus vers ce qui fait passer la vie et vous fait oublier qu'elle passe. J'étais l'une de ces femmes pressées. Il y avait, chaque matin, l'odeur des draps lorsque j'ouvrais le lit; il y avait à mon bras le poids du panier rempli, la sonnerie du téléphone et aussi ce que je croyais être des corvées, courses ou visites. Au cœur de tout cela, il y avait Julien. Alors, tout prenait un sens, les draps, le marché et les corvées aussi. Et un jour, le cœur n'est plus là, c'est comme un verrou qui lâche, vous vous retrouvez en état d'apesanteur, sans pouvoir rien saisir de ce qui formait une journée; c'est ce qu'on appelle « perdre pied ».

« Vous ne pouvez pas conduire comme ça », dit l'homme.

Il sourit : « En état de faiblesse.

— Ça ira. Je me sens très bien, maintenant ! »

Mais quand nous arrivons à ma voiture et qu'il tend la main j'y laisse presque tout de suite tomber la clef.

Il ouvre ma portière, vient s'asseoir à mes côtés, caresse le volant de ses mains.

« Un jour, il y a longtemps, je venais de perdre mon travail, je suis allé proposer mes services à un ami : comme chauffeur. J'aurais voulu que vous voyiez sa tête. On aurait dit que je l'agressais. " Chauffeur ? Tu n'y penses pas ! Ce n'est pas un tra-
« vail pour toi. " Il a pris quelqu'un d'autre. Il m'aurait pourtant rendu un sacré service, le salaud ! Je suppose qu'en me voyant, chaque matin, ouvrir sa portière, il se serait dit : " Pourquoi pas toi, mon vieux, demain... »

J'ai donné mon adresse et il a démarré en douceur. Ses chaussures aussi étaient fatiguées et il devait y avoir longtemps qu'elles n'avaient pas été cirées. Qui était-il? Quel était ce travail qu'il avait perdu? En tout cas, c'était vraiment parfait de l'avoir laissé monter à côté de moi, tout à fait dans la ligne, en accord avec ma vie, n'importe quoi.

J'ai appuyé ma tête au dossier. Il conduisait sans hâte, très différemment de Julien qui se faufilait partout pour arriver plus vite et souvent me faisait peur. Parfois aussi, je devrais dire « autrefois », Julien ne conduisait que d'une main : dans l'autre il y avait la mienne.

Je me suis tournée vers la Seine, ses quais, les arbres presque nus maintenant et je les ai écoutés me dire que les couleurs changent selon qu'on les regarde seul ou avec celui dont on croit être aimé. Et tout était si uniformément gris que j'ai fermé les yeux.

« Nous y sommes! »

Il avait choisi pour se garer un endroit où le parcmètre était en dérangement. Il a pris le disque de stationnement.

« Si nous attendons dix minutes, je pourrai mettre le disque de onze heures à quinze heures trente : cela vous évitera de descendre le changer. »

J'ai ouvert ma portière : « Pour dix minutes, cela n'a aucune importance. » Je n'avais pas envie de lui faire plaisir. Je me sentais méchante.

Il m'a jeté un coup d'œil et, sans insister, il a réglé le disque. Je l'ai laissé fermer les portières. Il avait toujours ces gestes lents. On aurait dit qu'il essayait de gagner du temps.

L'avenue était calme. On y trouve surtout des boutiques de mode; peut-être est-ce pour cela qu'elle me fait parfois penser à un décor. Un Noir balayait le trottoir avec de longs gestes élégants. A certains bruits comme celui-ci, bruit d'une poignée de branches sèches chassant les feuilles, d'anciens bonheurs sont là.

« C'est paisible, ici, a dit mon inconnu. Il doit être agréable d'y vivre. »

Je n'ai pas répondu. Je lui en voulais de me suivre et craignais qu'il ne me demande à monter. Cette fois, je dirais non.

Mais, devant la maison, il s'est simplement penché sur ma main.

« Bonne chance! Même si certains prétendent que c'est la dernière chose à dire : Bonne chance, madame! »

J'ai répondu : « Bonne chance à vous aussi! » Soudain, il m'émouvait. J'avais envie de lui parler. Depuis un certain temps je passe en une seconde d'un sentiment à l'autre; là aussi, je flotte.

Mon bol de petit déjeuner était sur la table de la cuisine, à côté de l'assiette du dîner, à côté de ma serviette dépliée, de la bouteille de vin, d'un croûton de pain. Depuis mon départ, rien n'avait changé, pas le moindre détail; c'était vraiment la solitude.

En tirant les rideaux de ma chambre, machinalement, j'ai regardé dans l'avenue.

Il était posté à côté de ma voiture et j'ai compris qu'il attendait pour partir l'heure à laquelle il avait réglé le disque. Un peu plus loin, deux contractuelles venaient d'apparaître, carnets en main. A onze heures trente exactement il a relevé le col de son manteau et il s'est éloigné. A un moment, je l'ai vu s'arrêter : il a levé la tête vers les lampadaires. On nous les a changés dernièrement. Ils ont une tige élancée et une coupe bleutée qui, au printemps, fait un mariage inattendu avec le feuillage des marronniers. J'aime l'instant où ils s'allument, le soir, avant que la nuit soit tout à fait tombée; c'est comme une assurance de paix. Cela me fait penser, je ne sais pourquoi, aux « Bonnes gens, dormez », des veilleurs de nuit d'autrefois.

L'homme a fixé les lampadaires comme s'il prenait leurs mesures. Quand il est reparti, il m'a fait penser à un bateau à la dérive : un bateau plus très jeune.

Je suis tombée sur mon lit et suis restée comme ça, sans force, me laissant entraîner vers le large avec une sorte de soulagement.

Il paraît que le moment où l'on cesse de lutter contre le gel ou la noyade, par exemple, est un moment presque agréable; en tout cas, ceux qui en sont revenus l'affirment et disent que le retour à la vie, lui, est un moment de douleur extrême.

16

CET après-midi, alors que je m'apprêtais à sortir, on a sonné deux fois et, presque tout de suite, la porte s'est ouverte : c'était Julien. Il portait son costume d'automne et une cravate que je ne connaissais pas.

Il a eu l'air étonné de me voir à la maison; gêné aussi :

« Je passais dans le coin. Si j'avais su que tu étais là, j'aurais téléphoné.

– Tu sais que tu peux venir quand tu veux.

– Tu ne déjeunes plus avec Fabienne?

– Pas tous les jours. »

Son regard s'est posé sur la valise de toile beige, à mes pieds. J'ai devancé sa question : « Des affaires pour le magasin. »

Il n'a pas insisté. Je le sentais différent des autres fois : sur la réserve, pesant ses mots et ses sourires. Il faut reconnaître que les autres fois ça s'était plutôt mal terminé.

« Nous sommes le dix-huit, a-t-il dit, t'es-tu occupée du loyer? »

Je ne m'en étais pas occupée. Pourtant, lorsque nous avions vu Gilles pour la convention temporaire, il avait été entendu que ce serait à moi de le régler.

« J'enverrai le chèque aujourd'hui!

– Si tu prends du retard, tu auras des ennuis avec le propriétaire. »

Il avait toujours le même ton sans aspérités, mais comme je devinais bien sa pensée! Si, plutôt que de payer mon loyer, il avait décidé de virer chaque mois à mon compte la somme convenue avec Gilles, c'est qu'il espérait, ils espéraient, que je réaliserais mieux ainsi ma folie : cent quarante mètres carrés haute catégorie pour moi seule.

« Je ne me mettrai plus en retard », ai-je promis.

Il est allé vers le buffet et il a regardé son courrier. Ce petit tas de lettres était la première chose que je voyais en entrant dans l'appartement : un peu de vie, un peu de lui. Voir monter la pile m'était un réconfort. Et il y avait des choses que je ne me sentais pas la force de faire : inscrire sur une enveloppe sa nouvelle adresse par exemple; cela aurait été comme accepter, officiellement.

J'ai dit : « Nous avons fait le cidre à Chanterelle. »

Quelque chose de joyeux est passé sur son visage. Julien avait aimé venir faire le cidre avec nous et j'entendais encore son rire en voyant sortir le jus nouveau.

« Il s'annonce comment?

– Je crois que ce sera une bonne année.

– Lamourette vous a aidés?

– Et il s'est fait tout un tonneau de " boisson ". Si tu veux goûter il y en a une bouteille dans le frigidaire.

– Et comment! »

Il a regardé sa montre : « Est-ce que ça t'ennuierait que je reste un moment? Des dossiers à consulter.

– Tu n'as pas à me demander la permission. »

Sous prétexte d'avoir oublié quelque chose, je suis allée dans ma chambre. J'ai recouvert le lit et rangé quelques vêtements. En nettoyant le lavabo, j'ai vu mon visage dans la glace : comme il devait me trouver vieille!

Quand je suis revenue dans le bureau, il était assis devant le meuble où il rangeait ses papiers. Il a levé la tête : « Dans mon courrier, il y avait une lettre urgente. Je vais demander à la concierge de me le faire suivre. Ce sera plus simple.

– Tu devrais aussi déménager tout ça, ai-je dit. Ce serait encore plus simple. Ça t'éviterait de venir ici. »

Il m'a regardée à nouveau, avec son air prudent.

« Rien ne presse. Mais pour cette lettre c'est un peu ennuyeux. »

Je suis allée vers la fenêtre et j'ai respiré longuement. Il n'y aurait donc plus de lettres à son nom. Il n'y aurait presque plus de lettres. La pluie commençait à tomber. Je devrais prendre mon imperméable. Je suis revenue à lui, ne sachant que faire de moi : maintenant que je ne pleurais plus, que je ne m'accrochais plus, nous étions comme deux étrangers. J'ai dit : « Il faut que j'y aille.

– Ça marche toujours avec Fabienne ?

– Toujours. »

J'ai ajouté : « Si ça ne marchait pas, ce serait plutôt ennuyeux, tu ne crois pas ? Je ne vois vraiment pas ce que je pourrais trouver comme travail ! »

J'ai eu peur qu'il n'ait senti quelque chose dans ma voix mais il a répondu :

« Je suis sûr que tu te débrouillerais très bien. »

J'ai répété : « Il faut que j'y aille. » Lui non plus ne savait comment faire. C'est impossible de dire au revoir à quelqu'un avec qui on a tout partagé pendant vingt-cinq ans. Impossible la poignée de main, ridicule ! Impossible le baiser sur le front ou sur les joues, révoltant ! Je ne me souvenais pas avoir jamais dit « au revoir » à Julien. Il prenait ma nuque, je sentais ses lèvres sur les miennes; parfois, il disait « Adios ! » Mais, « Adios ! », entre nous, c'était comme dire : « je t'aime », c'était l'Espagne, notre première nuit d'amour et une chanson sur toutes les lèvres cet été-là. Après « adios », il y avait : « je reviens, je reviens, mon amour. »

J'ai dit « Adios! », je lui ai tourné le dos, j'ai empoigné la valise et descendu à pied les quatre étages, retenant le cri, ce « je t'aime encore, moi », mêlé de haine et de défi, qui me brûle les lèvres à chaque fois que je le vois, parce qu'en face d'un amour perdu il y a ce besoin torturant de remettre indéfiniment les choses au point, ce besoin je pense de punir l'autre en empêchant l'oubli. Mais punit-on vraiment?

Je n'ai rien vendu cet après-midi-là. On m'avait pourtant confié pour débuter un bon secteur, ce qu'on appelle un « grand ensemble », loin des petits commerces et des marchés, où les femmes commandent beaucoup par correspondance.

Je connaissais la leçon. La veille, j'avais pratiqué avec un instructeur; nous avions fait quelques affaires. Quand vous arrivez devant la porte, vous posez la valise de façon qu'on ne la voit pas tout de suite en ouvrant. Vous vous accordez quelques secondes pour devenir celle qui apporte une bonne nouvelle. Vous sonnez et quand on ouvre, un grand sourire.

La porte ne s'est ouverte qu'une fois. Les autres, cela avait été la réponse classique : « J'ai ce qu'il faut, merci! »

La femme était toute jeune, presque une enfant. Elle s'appelait Mme Petit. On la sentait tout à fait sans défense, toute nouvelle dans son travail de femme. Pour mon employeur : la « cible idéale ».

J'ai ouvert la valise et récité la leçon tout en déployant sur la table, ainsi qu'on me l'avait recommandé, la nappe-cadeau. Mme Petit avait la chance de pouvoir bénéficier d'une offre exceptionnelle : six paires de draps, douze serviettes de toilette, gants et torchons, un plaid pure laine, le tout pour un prix record. Rien à débourser tout de suite : petite signature à mettre en bas du contrat et l'on gardait la nappe en cadeau en attendant de recevoir, très prochainement, le reste du trousseau.

Le mot « trousseau » avait attiré un sourire sur les lèvres de la jeune femme. Elle passait la main, une main aux ongles rongés où l'alliance faisait incongru, sur la paire de draps de démonstration, les serviettes, le plaid. Elle se croyait vraiment choisie. Je regardais le living-room modeste, encore très peu meublé; sur un buffet il y avait la photo d'un jeune militaire.

Elle a demandé : « Où doit-on signer? » en me regardant de ses yeux d'enfant. L'affaire était faite. Je toucherais mon pourcentage. Alors, j'ai rangé le contrat, replié la nappe et fermé la valise. Elle ne comprenait pas; sa déception était évidente. Je lui ai expliqué qu'il n'y avait pas réellement d'offre spéciale; que toutes celles qui le désiraient pouvaient acquérir ce trousseau qui, finalement, revenait cher. Et si elle ne payait pas régulièrement les traites, on la menacerait de poursuites; son mari lui reprocherait d'avoir signé n'importe quoi.

Elle écoutait en tournant son alliance. Autant j'avais récité la leçon d'une voix neutre, autant je m'entendais parler avec feu. C'était comme si moi-même j'essayais de sortir du piège. C'était aussi un peu comme une vengeance, mais je n'aurais pu dire contre qui. Cela a été presque un bon moment, un moment où je me suis sentie vraiment utile.

J'ai rapporté la valise au Centre de gros et annoncé que j'arrêtais. Je me revois dans ce hangar poussiéreux où s'accumulaient sur des étagères les fameux « paquets-cadeaux ». Le visage du petit homme qui m'avait engagée était empreint d'une expression où se mêlaient le mépris et la pitié. Je lui ai dit : « Finalement, c'est du vol pur et simple votre affaire. » Il a répondu : « Moi, madame, j'ai commencé en cirant les bottes des autres. La vie, ce n'est ni si pur ni si simple que vous pensez, mais si ça vous plaît d'appeler comme ça les efforts qu'on fait pour garder la tête au-dessus de l'eau, ne vous gênez pas. »

A la maison flottait une odeur de tabac. J'ai trouvé deux mégots dans le cendrier du bureau et quelques papiers froissés dans la corbeille; un rideau volait dans ma chambre dont Julien avait entrouvert la fenêtre. Il n'avait pas touché la bouteille de cidre.

Je me suis assise à son bureau et j'ai fait le chèque du loyer. Ensuite, j'ai pris une feuille blanche et inscrit des mots : assurance, Noël, étrennes. Et aussi : essence, produits d'entretien, nourriture, teinturier. La liste s'allongeait; j'aurais pu ne jamais la terminer : téléphone, électricité, coiffeur, produits de beauté. C'était fou, toutes ces choses qui m'étaient devenues indispensables.

Dans d'autres pays, le seul problème pour des millions de gens était de survivre. Et moi, sur le point de perdre un peu de superflu, la panique me saisissait.

J'ai pensé : « Je pourrai toujours aller vivre avec mon père. » J'ai entendu Fabienne : « Il y a eu tes parents, il y a eu Julien... »

J'ai pris le journal et, comme chaque soir, j'ai commencé à cocher les annonces. Les pièges, je les connaissais par cœur maintenant : les promesses d'une grosse somme quotidienne à personne dynamique possédant si possible une voiture.

La nuit tombait. Tout était pris dans l'immobilité. Pas de bruit, pas d'attente surtout : l'attente de rien. Je me regardais tracer des croix. Je me voyais me jouer la comédie. « Le pire, voyez-vous, c'est de garder la volonté de trouver », avait dit Florent. Avais-je jamais eu vraiment cette volonté? Et que trouver?

« Demande dame aimant les enfants, sachant cuisiner, de neuf heures à dix-neuf heures, nourrie à midi. Bons gages. »

Mon doigt s'est arrêté sur l'annonce. Pour la première fois j'avais le sentiment que j'étais qualifiée. J'aimais les enfants, je savais cuisiner. N'avais-je pas été, durant vingt-cinq ans, une sorte de gouvernante? Une « employée de maison? » « Bon gages. Nourrie à midi. » Le soir, un œuf, un fruit. Les bons gages serviraient au reste. Je pourrais rester ici.

Ma main s'est mise à trembler sur le crayon; et si la place était déjà prise?

J'ai allumé, décroché le téléphone et formé le numéro indiqué. C'est une femme qui m'a répondu. J'ai dit de ma voix la plus calme : « Je suis intéressée par votre annonce.

– Vous vous êtes déjà occupée d'enfants?

– J'en ai élevé deux.

– Puis-vous demander votre âge?

– Quarante-cinq ans. »

Mon cœur battait, mais cela n'a pas semblé représenter un handicap.

« Vous avez des références? »

J'ai pensé à mon chômeur, à son ami qui avait refusé de l'engager comme chauffeur. Si je disais qui j'étais j'aurais sans doute moins de chances d'être prise.

J'ai répondu que j'avais des références. La femme m'a demandé de me présenter le lendemain à neuf heures en les lui apportant. Elle habitait Neuilly et s'appelait Mme Sainteville. Quel était mon nom?

J'ai donné mon nom de jeune fille. La lettre de référence, je l'ai signée Langsade.

17

L'IMMEUBLE est de grand standing dans une belle avenue à Neuilly. J'ai un peu d'avance. J'en profite pour vérifier ma tenue dans la glace du hall. Je me suis vêtue sans histoire. Je me suis vêtue comme je l'étais tous les jours pour le travail de la maison. Pas de fard, mes cheveux rassemblés en chignon. Jusqu'à ce qu'ils aient repris leur couleur, j'ai décidé de les coiffer le plus discrètement possible. J'ai retiré ma bague de fiançailles.

Second étage. On entend un bruit d'aspirateur et il flotte quelque part une odeur de pain grillé. Aucun dépaysement; et pas la moindre honte à me présenter pour ce travail. « Aimant les enfants. Sachant cuisiner. » Mais la peur, la certitude que la place sera déjà prise. Je vais à un échec!

Une femme d'une soixantaine d'années au visage fatigué, vêtue de noir, m'ouvre la porte. Très vite, je me présente.

« Je suis Mme Moreau. J'ai pris rendez-vous hier soir. »

Son regard fait le tour de ma personne. Lorsque, les enfants étant petits, j'engageais quelqu'un pour m'aider à la maison, j'étais très sensible à la première impression.

« Voulez-vous me suivre? »

Elle me précède dans le salon. Il a des ressemblances avec le mien : trois fenêtres, beaucoup de moulures au plafond, moquette beige. Mais il semble inhabité et certains meubles sont recouverts de housses.

« Vous avez vos références ? »

Je lui remets la lettre. Mes doigts tremblent.

« Asseyez-vous ! »

Elle me désigne un fauteuil près du canapé où elle-même prend place. Maintenant, elle lit. Je ne sais que faire de moi. C'est mon écriture sur cette feuille, cela va lui sauter aux yeux.

« Quinze ans ! Vous êtes restée quinze ans à la même place ! »

Bien que j'ai triché de dix ans, elle semble impressionnée.

« Il y avait deux enfants. Je les ai élevés.

– Vous vous occupiez également de la maison ?

– J'y faisais tout.

– Je suppose, dit-elle en regardant la signature, que Mme Langsade travaillait.

– Mme Langsade assistait son mari. Il est avocat. »

Je n'avais pas prévu la question et j'y ai répondu très naturellement. Lorsque je dis « Mme Langsade », c'est d'une autre personne dont je parle : une personne qui ne m'aime pas; peut-être celle que je n'ai pas su être, que je regrette de n'avoir pas été.

Mme Sainteville fixe la lettre, songeuse : « Aujourd'hui, toutes les femmes tiennent à travailler ! Je me demande parfois si c'est tellement souhaitable.

– Elles n'ont pas forcément le choix. »

Je vois passer un peu d'étonnement dans le regard de mon interlocutrice. On ne me demandait pas mon avis.

« Pouvez-vous me dire pour quelle raison, après tout ce temps, vous quittez cette maison ? interroge-t-elle.

– Les enfants ne sont plus là. On n'y a plus besoin de moi. »

Ma voix a fléchi. Mme Sainteville doit sentir que le sujet m'est pénible car elle n'insiste pas. Je fixe le balancier de la pendule, sur la cheminée : un soleil doré. Il bat au rythme du gros balancier de Chantelle. Il permet de saisir le temps. Enfant, je demandais à remonter les pendules. J'avais l'impression de leur faire du bien. Je l'ai encore. Laisser s'arrêter une pendule c'est une petite mort, c'est un grand silence.

Je regarde ce balancier, je suis chez moi et j'ai soudain envie de dire la vérité. Le regard de Mme Sainteville a suivi le mien. Il s'arrête sur les photos : un homme, une femme et des enfants. Du rire et du soleil. Moi aussi j'alignais des photos sur la cheminée; nous les changions après chaque été.

« Ma fille est morte il y a trois mois dans un accident de voiture, dit-elle brièvement. Elle nous laisse deux enfants : une petite fille de douze ans et un garçon de trois. Sylvain ne va pas encore à l'école, c'est surtout de lui qu'il faudra vous occuper. »

Sa voix a du mal à contenir la douleur et elle s'est détournée. Je retiens les paroles de compassion.

« Une petite fille de douze ans a souvent besoin d'être aidée en rentrant de l'école. Je pourrai m'en charger aussi. »

A nouveau, le regard s'étonne. A nouveau, il me semble que je suis allée trop loin. On ne m'en demandait pas tant.

« Mon gendre s'absente pour son travail, de neuf heures à sept heures du soir environ, expose-t-elle, toujours de la même voix brève. Il s'agit, en somme, de prendre le relais. En dehors du ménage, il y a les courses à faire, le déjeuner des enfants et, l'après-midi, Sylvain à promener. Ma fille allait chercher avec lui Gabrielle à l'école. Pour le soir, juste un repas simple à préparer. Mon gendre dîne le plus souvent possible avec ses enfants. Il n'est pas difficile.

— Je pense qu'il n'y aura pas de problème. »

Où est Sylvain, qui ne va pas encore à l'école ? A l'âge où le mot « plus jamais » n'a pas de sens, comment Gabrielle ressent-elle la disparition de sa mère ? Disparition ! Un mot insupportable.

« Quand pourrais-je joindre Mme Langsade ? »

Ma candidature l'intéresse donc. Je contrôle ma voix :

« Elle est généralement chez elle à l'heure du déjeuner.

— Si nous nous mettons d'accord, serez-vous rapidement disponible ?

— Dès que vous le désirerez. »

A nouveau, je dois lutter contre l'envie de lui parler. Mme Langsade, c'est moi ! Je saurai aimer ses enfants. Je m'en occuperai comme des miens. J'ai envie de traiter d'égale à égale.

« Nous n'avons pas parlé de vos gages », dit-elle.

Le chiffre qu'elle cite est celui que j'attendais. Electricité, assurances, voiture, coiffeur. J'accepte.

Elle se lève. Je l'imite.

« Mon gendre est actuellement en voyage. Moi, j'habite le Midi, mais je resterai jusqu'à son retour pour vous mettre au courant. Pouvez-vous m'appeler ce soir ? Je vous donnerai la réponse. »

Je vois son regard sur mon alliance. « Vous êtes mariée ?

— J'ai perdu mon mari », dis-je.

Nous sortons du salon et comme, machinalement, je me dirige vers la porte d'entrée, elle m'arrête.

« Je dois vous montrer l'escalier de service. La concierge est très pointilleuse sur ce sujet et il vaudra mieux que vous l'empruntiez; sauf lorsque vous serez avec les enfants, bien sûr.

– Bien sûr! »

Il y a un rire en moi. Dire que j'ai craint qu'elle ne devine la vérité! C'était impossible. On voit celle que l'on veut voir. Elle a vu la femme qui avait consulté la rubrique « employée de maison », le contraire d'elle-même : une femme seule, sans diplômes, sans fortune, sans orgueil. J'ai bien fait de ne pas parler. Je lui aurais fait peur. La vie lui aurait fait peur.

Comme dans tous les appartements anciens, la cuisine est au bout d'un long couloir, pièce sacrifiée donnant sur une cour grise. Cette jeune femme qui est morte, dont je n'ose demander le prénom, la mère de Gabrielle et de Sylvain, ne devait pas aimer s'y tenir; on n'y prenait sûrement pas de repas.

Et je termine par une maladresse : pour dire au revoir, je tends la main.

Je suis restée quelques minutes assise dans ma voiture, sans bouger, les yeux sur les arbres du bois déjà pris par l'hiver. Bien que les vitres soient fermées je respirais l'odeur du tapis de feuilles fanées. Bien qu'immobile je sentais sous mes pas la texture du sol et même si c'était loin je m'y voyais marcher aux côtés de Julien. J'éprouvais une sorte de vertige; j'avais eu tellement envie d'être engagée, et, maintenant que c'était presque fait, je flottais. Quelque part, entre Claudine Langsade et Claudine Moreau, il y avait moi, sans désirs, sans forces, moi l'échec, le mensonge.

Alors, quand, devant ma porte, j'ai trouvé le sourire de cet homme qui m'avait un jour vue dans ma vérité, j'ai eu envie de lui dire merci.

La première chose que j'ai remarquée c'est que ses chaussures étaient faites. Il avait dû y passer beaucoup de temps : elles brillaient comme des miroirs.

Il m'a semblé aussi qu'il était plus soigneusement vêtu. Seul le manteau était le même.

« J'espère que vous ne m'en voudrez pas d'être venu, a-t-il dit. En fait, j'ai un peu honte de moi, mais on m'a donné une adresse qui pourrait vous intéresser ! »

Il avait l'air excité, anxieux aussi. Il le cachait sous un sourire. Il y a certaines images que l'on garde en soi sans savoir pourquoi. Je gardais de lui l'image d'un visage levé vers les lampadaires de mon avenue et c'était une image émouvante.

« Je vous remercie d'avoir pensé à moi, mais je viens justement de trouver quelque chose. »

Il a si mal dissimulé sa déception que cela m'a fait sourire : « Quelque chose de bien ?

– Quelque chose qui me convient : « Dame « aimant les enfants, sachant cuisiner, de neuf à « sept, bons gages. »

J'éprouvai à ne pas mentir une sorte de plaisir triste. Il réfléchissait. Il avait alors une façon de vous regarder très concentrée dont je me souvenais, bien que je ne l'aie vu qu'une seule fois. Comment dire ? Il ne se cachait pas pour se poser des questions sur vous, des questions plus importantes que ne s'en posent généralement les gens, et il prenait son temps.

« J'aimerais quand même vous parler de ce que j'ai trouvé ! J'ai tous les papiers là. »

Il a frappé sur sa poche : « J'étais si heureux de vous venir en aide ! Je n'ai aidé personne depuis si longtemps. Pouvez-vous comprendre combien c'est important ? »

Sa voix vibrait. Il a suivi mon regard, posé sur ses chaussures.

« On se met tout à coup à cirer ses chaussures ! »

J'ai répondu à son sourire. Il a désigné un bistrot, en bas de l'avenue. « Accepteriez-vous de prendre un café avec moi ? »

Il souriait toujours, mais dans sa voix il y avait vraiment un appel.

« Je ne vous importunerai pas longtemps ! »

J'ai pensé au coup de téléphone qui attendait Mme Langsade, là-haut.

« Ce café, voulez-vous monter le prendre à la maison ? »

Il a fermé une seconde les yeux et j'ai compris que, cette fois, c'était lui qui avait la gorge trop serrée pour parler.

La concierge m'a arrêtée : « Est-ce que je fais suivre aussi les journaux à Monsieur ? » J'ai dit oui. Il n'y avait pas de courrier pour moi.

Elle nous a suivis des yeux tandis que nous nous dirigions vers l'ascenseur. Tous les locataires savent certainement que Julien m'a quittée, mais ce sont des gens bien élevés, c'est-à-dire discrets, et ne se mêlant pas des affaires d'autrui. Ils ne laissent rien paraître lorsque nous nous croisons; ils font comme si rien ne m'était arrivé.

18

Ce matin, en me réveillant, j'ai eu envie de faire l'amour. J'étais comme rassemblée en ce point précis de mon corps qui était à la fois moi-même et autre chose de distinct auquel je ne commandais pas, ami et ennemi à la fois.

J'ai gardé les yeux fermés et relevé mes jambes en les tenant serrées. J'ai rêvé que Julien était là.

Il venait de se réveiller près de moi, il me regardait et comprenait mon appel.

J'ai voulu ouvrir les bras pour l'attirer contre moi. Il m'a dit : « Ne bouge pas. » Il m'a dit : « Garde tes yeux fermés », et il a descendu le drap jusqu'à mes genoux et relevé un peu ma chemise, ne découvrant que la partie de moi-même qui brûlait, tout comme les chirurgiens cachent l'ensemble du corps, ne laissant apparaître que ce qu'ils ont décidé d'opérer.

Sans se presser, il a ouvert mes jambes. J'ai imaginé que mes bras étaient liés au rebord du lit; je ne pouvais me défendre : j'étais sa prisonnière. A cette idée, le plaisir devenait torrent, le désir; et j'ai rêvé qu'il me caressait, très doucement, pour me donner plus faim encore, pour m'obliger à crier. Mais le jeu consistait à retenir les cris, à ne pas bouger. Le jeu consistait à être livrée, chose entièrement donnée, entièrement disponible pour le plaisir de celui que j'aimais et qui ne me ferait que du bien.

Et tandis qu'il m'embrassait et me caressait je voyais passer des images. L'amour est aussi un voyage. Il y a les paysages du plaisir, plaines et vallées, monts ou fleuves, visions très rapides, légères, sorte de survol ensoleillé que parfois viennent cacher un instant des visages, connus ou inconnus. S'il est vrai que celui qui va mourir voit se dérouler en un éclair le film de sa vie, j'aurai, en faisant l'amour, fait des répétitions de ce moment-là. Et tout cela se succède et se chevauche, tout est suspendu à l'attente du moment où un souffle supplémentaire, un effleurement, fera jaillir la dernière, l'irrésistible vague.

Il y avait une longue lettre d'Eric au courrier. Accepterais-je de venir passer Noël en Bretagne ? Les enfants en seraient si heureux ! Pour la première fois, il ne me parlait pas de Julien !

Mathilde m'a appelé juste avant que je ne parte. C'est souvent ainsi que viennent les choses, bonnes ou mauvaises; plusieurs à la fois. Hier, ma fille avait essayé de me joindre au *Temps retrouvé.* Comme je le lui avais demandé, Fabienne lui avait dit que je prospectais.

J'ai pris rendez-vous avec Mathilde. Un jour, il faudra bien que je lui dise la vérité.

Je me suis garée comme d'habitude assez loin de l'immeuble. Huit jours déjà que j'étais entrée chez les Sainteville et je ne m'y sentais pas mal. Lorsque j'arriverais, Gabrielle serait en classe. Sylvain, debout sur son lit, m'ouvrirait les bras. C'était un jour important, aujourd'hui. J'allais connaître leur père. Il était revenu de voyage la veille et ce soir je devrais l'attendre pour partir. Mme Sainteville prenait dès cet après-midi un train pour le Midi. Il me semblait que mon travail commençait réellement aujourd'hui.

« Un feu, dit Gabrielle. Si on faisait un feu dans la

cheminée du salon. On goûterait devant comme avec maman. »

J'hésite, tentée. C'est un temps à feu; il faut éclairer les ciels bas. Il faut signifier à l'hiver qu'on y aura des joies. C'est un jour à feu puisque jour de départ.

Sylvain répète : « un feu », les yeux brillants. Il a pleuré tout à l'heure lorsque sa grand-mère est montée dans le taxi. Nous l'y avons tous les trois conduite et, en remontant par le grand escalier, je leur tenais la main serrée.

« On ne sait même pas si la cheminée a été ramonée !

– Elle l'a été, assure Gabrielle. Le certificat est dans le tiroir de la cuisine. On fera griller des tartines. Tu veux bien ? »

C'est la première fois qu'elle me tutoie. Est-ce parce que sa grand-mère est partie ? Je faiblis.

« Nous n'avons pas de bois !

– Il y en a à la cave, triomphe la petite fille. Il doit être bien sec. »

Nous remontons quelques bûches par l'escalier de service. Je me sens en faute. Personne ne m'a autorisée à descendre à la cave, à m'installer dans le salon. Jusqu'ici, je me suis tenue dans la chambre de Sylvain ou dans la cuisine.

A genoux devant la cheminée, j'enseigne aux enfants l'art de faire un feu. C'est une des premières choses que mon père m'a apprises, avec la science des champignons et l'œil pour reconnaître le gîte désert d'un lièvre, le frottis d'un cerf.

Un feu ne se prépare jamais assez lentement; on ne revient jamais assez loin dans son histoire. Sylvain fait de belles boules de papier. Gabrielle éparpille le petit bois. De l'air surtout ! Deux bûches croisées. Je raconte la première flamme : l'épouvante de l'homme puis son émerveillement. Chaleur et lumière. A la maison, nous ne nous lassions pas, avec les enfants, de broder autour de cette histoire : « Qu'est-ce qu'on pouvait inventer qui soit aussi fantastique que le feu? » demandait Mathilde, ardemment.

C'est à Sylvain de lancer l'allumette. Pour que les flammes montent, pas besoin de baisser le tablier. Et tout de suite, ces odeurs!

« Avec maman, dit Gabrielle, il fallait souffler pendant des heures. »

« Avec maman. » Sylvain se souvient; je le vois à son regard, qui cherche.

« Ta maman aimait les feux? »

Mme Sainteville évitait de parler de sa fille. J'ai décidé de faire le contraire. Ces enfants ne doivent pas enfermer leur mère en eux : elle pèserait trop. Elle doit rester là, avec eux, le plus longtemps possible, cette jeune femme qui il y a deux mois a rentré du bois à la cave et rangé sous les housses les meubles fragiles.

Un tour à la cuisine pour, sur un plateau, empiler les tartines. Beurre et confiture. Gabrielle apporte solennellement la fourchette à rôti.

« Les tabourets », dit Sylvain.

Il a rejeté la housse et porte un à un devant le feu trois petits tabourets recouverts de tapisserie.

« Toi, c'est celui du milieu. »

Je me mets entre eux et nous commençons le travail : le pain piqué à la fourchette et présenté au feu. De ces enfants à moi, monte la paix. S'ils pouvaient m'aimer bien!

« Goûtons », décide Gabrielle.

Le beurre fond, le pain sent la flamme. « Papa! » s'écrie Sylvain.

Le cœur suspendu, je me retourne. Un homme est arrêté à la porte du salon. Sylvain est déjà près de lui, entourant les jambes de ses bras, Gabrielle le rejoint. Je me lève. J'ai, dans la bouche, un morceau de tartine. Il ne devait rentrer qu'à sept heures! Je me sens affreusement coupable.

« Madame Moreau? »

J'incline la tête. Il porte un costume sombre et me paraît très jeune. Sans sourire, il contemple nos préparatifs de fête.

« Les enfants avaient tellement envie de goûter devant le feu! »

Je m'en veux de ce ton d'excuse; je m'enfonce, montrant que je n'avais pas la conscience tranquille.

« On a fait griller des tartines comme le premier homme », explique Sylvain.

Bertrand Sainteville regarde la pendule. Il est presque cinq heures et demie.

« Je me demande si le premier homme goûtait à cette heure-là, fait-il remarquer. Ou alors il ne devait plus avoir très faim pour son quartier de mammouth. »

Il sourit à son fils, pose la main sur la tête de sa fille et tous trois s'approchent du feu.

Une branche craque, projette des étincelles. « J'ai peur pour les tabourets », dit-il et, sans qu'il l'ait exprimé, je comprends qu'il réprouve cela aussi. Ce n'était pas par hasard qu'on y avait laissé les housses.

J'aide Gabrielle à les ranger. Et après? Que dois-je faire? Rester? Remporter le plateau? Mais ils ont à peine commencé. Bertrand Sainteville est assis sur le canapé entre ses deux enfants. Il caresse les cheveux de sa fille en regardant la flamme, en regardant la photo au-dessus de la flamme. Julien avait ce même geste pour Mathilde et, quand elle est devenue une jeune fille, le geste s'est fait plus timide, chargé de mélancolie et d'un amour différent.

Il me regarda enfin, d'un air un peu surpris : « Puisque j'ai pu rentrer plus tôt, je vais prendre le relais. Vous êtes libre, madame. Gabrielle m'expliquera comment faire pour le dîner.

– Tout est prêt, dis-je. Je n'ai plus que le couvert à mettre. »

Sylvain s'est lové sur les genoux de son père. Il me regarde du coin de l'œil en suçant son pouce. J'ai commencé à lutter contre cette habitude à l'aide d'une méthode qui faisait merveille pour Eric : une petite chanson. Mais puis-je me mettre à chanter, comme ça, dans le salon ?

Je dis : « Eh bien, au revoir, monsieur, à demain !

– A demain ! »

Il se tourne vers les enfants : « Il faut dire au revoir à Mme Moreau. » Les enfants obéissent avec un bel ensemble. « A demain ! » Je m'en vais, escortée par des sourires. Je disparais dans la détresse.

Tout est prêt dans la cuisine. Il leur suffira de faire réchauffer le potage, de mettre l'assaisonnement sur la salade et de retirer le papier que j'ai posé sur le jambon. Je mets trois couverts dans la salle à manger, une serviette propre entre les serviettes des enfants.

L'odeur du feu arrive jusqu'à moi; le rire de Gabrielle aussi. Je tire la porte doucement pour ne gêner personne.

19

« Il me semble, dit Florent, qu'il ne faut pas essayer de recommencer le passé. Vous ne retrouverez jamais dans ces enfants, " vos " enfants, dans cette maison, " la " maison; et vous allez vous faire du mal.

– Je n'ai jamais essayé de recommencer quoi que ce soit. Je fais le seul travail que je sois capable de faire, c'est tout.

– Qu'en savez-vous? demande-t-il. Vous n'avez rien essayé d'autre. »

Je le regarde, lui et son sourire, et ce regard que je commence à bien connaître : discret mais têtu, jamais las de vous interroger. Florent Leroy : une histoire simple! Patron d'une petite affaire de textile héritée de son père. Faillite. Sans emploi depuis deux ans. Notre point commun : diplômes, néant. L'affaire marchait si bien lorsqu'il a quitté le lycée, bachot en poche, que son père a jugé inutile qu'il aille perdre son temps à l'Université. Autre point commun : la solitude, seul! Sa femme l'a quitté lorsqu'elle a compris que l'affaire périclitait : ils menaient grand train et c'était une enfant gâtée.

Il boit une gorgée de vin. Ce qui me frappe, c'est qu'il est comme les autres : taille et physique moyens, yeux bleus, cheveux gris. Ni beau, ni laid, un homme qu'on ne remarque pas, que je n'aurais jamais remarqué s'il ne m'avait un jour attrapée par le bras pour m'empêcher de tomber; dont je n'aurais jamais remarqué le regard.

« Vous cherchez à vous punir, dit-il.

– Me punir ?

– Vous vous punissez de n'avoir jamais fait que la cuisine, le ménage et les lits en continuant à ne faire que la cuisine, le ménage et les lits. »

Je ne réponds pas. Et si j'étais simplement fatiguée ? Vidée de cette belle énergie que certains admiraient et qui venait sans doute de ce que je trouvais la vie bonne. Fatiguée, si, fatiguée. Pour rien au monde je ne veux recommencer à chercher du travail. Qu'on me laisse faire mes lits et gratter mes casseroles. C'est un trou où je suis bien.

« ... Quand j'étais encore chez moi, dit Florent, et son regard s'attarde loin, j'aimais confectionner un bon plat pour mes enfants. Ce qui me plaisait, c'était inventer. Je mijotais ça toute la semaine dans la tête. Et lorsque nous étions tous rassemblés autour de la table il me semblait avoir réuni l'essentiel : nourriture, beauté, amour. Je leur disais : « Pas si vite ! » Je crois qu'ils comprenaient. »

Son regard revient vers moi : « Depuis que ce sont mes enfants qui m'hébergent il m'arrive encore de leur faire la cuisine, mais je n'éprouve plus la même joie. Je me sens à leur charge, alors j'essaie de me faire le plus petit possible; ils ont beau être magnifiques... »

Petite... Je comprends pourquoi il m'a dit ça. Je connais. S'effacer, marcher sur la pointe des pieds, compter le moins possible. Au début, j'ai espéré pouvoir être quelqu'un pour les enfants. « Etre quelqu'un. » On peut donc n'être personne ? Je le découvre. Celle qui chaque matin arrive chez les Sainteville pour accomplir le travail de la maison, celle dont les enfants savent qu'elle partira le soir et qu'une autre pourrait prendre sa place, celle-là c'est n'importe qui, ce n'est pas moi. Celui qui compte, le cœur, le pilier, la chaleur, c'est Bertrand Sainteville. Tout tourne autour de lui. Un jour, tout a tourné autour de moi. C'est un bon père : il rentre de plus en plus souvent déjeuner; il réserve à ses enfants toutes ses fins de semaine. « Madame Moreau, vous êtes libre. » Il croit me faire plaisir.

Je découvre des choses banales : la différence entre un travail fait pour les siens et avec amour et le même fait pour les autres et contre de l'argent. En faisant le lit de mes enfants je savais que je les y borderais le soir; j'y voyais des bras se tendre. En faisant notre lit à Julien et à moi...

« Omelette campagnarde? Salade ou steak? » demande le garçon, crayon en main.

Le regard de Florent m'interroge : « Omelette?

– Omelette!

– Deux! »

Le garçon repart avec la commande. Il nous a déjà apporté le vin.

« On est bien, ici », soupire Florent.

Il regarde autour de lui d'un air satisfait. Nous sommes côte à côte sur une banquette de moleskine usée dans le plus banal des bistrots où l'on sert la plus quelconque des nourritures. Je souris : « Oui, on est bien! »

Cela vient vite, une habitude! Il suffit de dire « oui » deux fois. Quand Florent m'a demandé l'autorisation de venir me chercher à mon travail, je n'ai pas refusé. J'ai donné l'adresse. Le lendemain, il savait où je rangeais ma voiture; il y était. J'ai un chauffeur. Je suis une employée de maison avec chauffeur-changeur de disque : un service que je lui rends, prétend-il. Un but à ses journées. Et il gagne beaucoup d'argent si l'on additionne toutes les contraventions qu'il m'évite.

Il verse un peu de vin dans mon verre. Maintenant, je sais apprécier ces gestes-là.

Je bois une gorgée. Il me regarde.

« Je crois savoir ce que vous pensez ! Vous pensez : " Qu'est-ce que je fais ici avec ce type ? " »

J'avoue : « C'est un peu ça.

— Eh bien, vous l'empêchez d'être seul ! Et vous, peut-être l'êtes-vous moins aussi ? »

C'est une question. Je devrais répondre « oui ». Je ne peux pas. Je n'ai plus envie de faire plaisir.

« Un chômeur, dit-il, vit dans un monde à part. Je vais exagérer, mais c'est un peu comme un drogué, ou quelqu'un qui boit. Seuls ceux qui ont vécu la même expérience peuvent le comprendre. Au début, on vous plaint; certains essaient de vous aider. Ce n'est pas facile; alors, on commence à penser que vous y mettez peut-être de la mauvaise volonté. Un chômeur, c'est gênant. C'est quelqu'un d'étranger parce que sorti de " la vie ". On ne sait plus de quoi lui parler. Il rend un tas de sujets tabous ! »

Comme à chaque fois qu'il dit une chose grave, il sourit.

« Je sais, dis-je. Je connais ! Etre traitée comme quelqu'un de différent. Comme quelqu'un de pas tout à fait normal. On finit par avoir envie de ne plus voir personne. »

Le menton sur la main, il me regarde.

« Il y a des circuits de vie. Tant qu'on est sur le grand circuit, le circuit principal, avec la plupart des gens, on n'y pense pas tellement. Si l'on en sort, volontairement ou non, tout devient possible : le meilleur comme le pire. Le meilleur : nous ici par exemple. Une amitié hors circuit qui n'aurait jamais existé autrement. »

Lui parce que sans travail, moi parce que sans Julien. Une amitié ? Pourquoi pas ? N'est-il pas plus près de moi, plus intime en deux semaines que tous ceux qui se targuaient d'être mes amis depuis des années et m'embrassaient sur les deux joues lorsqu'ils me voyaient? « Comment vas-tu? » Mais qu'est-ce que cela veut dire : « Comment vas-tu? » Puisque si l'on répond « mal », on cloue les gens sur place. Tous ces « comment vas-tu? » Ces « on s'appellera »? Ces « à bientôt », du circuit principal, où les mots, souvent, n'ont plus un véritable poids.

« J'ai un frère au Brésil, raconte-t-il. A Rio. Il gagne formidablement bien sa vie. Il me propose de venir le rejoindre. Il me trouvera du travail. J'aurai chauffeur et maître d'hôtel. Je ne parle pas de la piscine, de la maison et tout. »

Mon cœur se serre un peu.

« Et vous allez accepter?

– Je vais réfléchir. A cinquante ans, on ne recommence pas sa vie si facilement. Je veux aussi savoir quel genre de travail je serai appelé à faire. Quand plus personne ne semble avoir besoin de vous, on finit par se demander si on est vraiment bon à quelque chose. Je ne voudrais pas qu'on me recueille là-bas par charité. Je préfère encore celle de mes enfants. Et je leur suis parfois utile. Savez-vous que je suis un baby-sitter incomparable? Les petits m'aiment comme un grand-père... »

Il boit une gorgée de vin, sourit, ajoute : « Et puis, maintenant, il y a vous! »

Je me détourne, gênée, ne sachant que répondre. « Il y a moi. » A la fois ses paroles m'irritent et me font du bien.

« Je voudrais vous reparler de " Recommencer ", dit-il. En janvier, ils entament une nouvelle session. Vous devriez vous y inscrire.

– Je n'ai jamais vu quelqu'un d'aussi têtu que vous! »

Je ne veux pas m'inscrire à « Recommencer ». Je le lui ai répété cent fois. Cet organisme, ce groupement de femmes qui aide les paumées, les solitaires, les incapables à se « réinsérer dans la vie », comme on dit, ne m'intéresse pas. J'étais dans la vie : bien, heureuse, insérée. Aucune envie d'aller pleurer en groupe sur ma condition de femme abandonnée. Pas les moyens non plus.

« Ce n'est pas ce que vous imaginez, proteste Florent. Et cela ne coûte presque rien.

– Si je lâche mon travail, je ne pourrai pas garder mon appartement.

– Votre appartement... »

On vient d'apporter les omelettes. Je n'ai plus faim, plus rien à dire. J'ai envie de rentrer. La fatigue.

« L'appartement de votre mari.

– Le nôtre.

– Celui où vous l'attendez.

– Je n'attends plus personne. »

Il met un moment à répondre, et il le fait d'une voix très prudente.

« Alors, pourquoi ce cidre dans le frigidaire ? Ces cigares sur son bureau ? Pourquoi la clef de l'appartement dans sa poche ? Ce ne sera que le jour où vous ne l'attendrez plus que vous pourrez remonter. »

Je me lève. Qui lui permet de me parler ainsi ? Que connaît-il de moi ? De nous ?

« Etes-vous remonté, vous ? »

Il se lève aussi et me regarde intensément.

« Je vais rentrer, je suis fatiguée. Laissez-moi, je vous en prie. »

Sa serviette qu'il tient à la main pend le long de sa cuisse. Il est ridicule. Je dis « au revoir » et je lui tourne le dos. J'entends sa voix cassée, sa voix qui souffre : « Appelez-moi. Je vous attendrai. » Des gens me regardent. J'ai honte. Nous sommes grotesques avec nos cheveux gris, nos rides, nos cœurs blessés.

Souffrir, c'est beau quand on est jeune et qu'on a la vie devant soi pour recommencer.

Le long de mon avenue, les lampadaires sont allumés. « Bonnes gens, dormez ! » Mes oreilles bourdonnent et j'ai mal au cœur. « Ce ne sera que le jour où vous ne l'attendrez plus que vous pourrez commencer à remonter. » Je ne l'attends pas. Je n'attends plus personne. Rien. Mais pourquoi ces paroles me font-elles si mal ? Et pourquoi ce vertige ? Je peux donc tomber encore ? Je n'ai pas touché le fond ? Est-il possible, à la fois de savoir que Julien ne reviendra pas et de l'attendre quand même ? L'attente, la souffrance, sont-elles de ces choses qui vous permettent de tenir debout, de ne pas lâcher tout à fait ? Et les aurais-je choisies, moi ?

20

VERS neuf heures, ce samedi matin, la concierge a sonné les deux coups du courrier. J'étais encore en robe de chambre. Bertrand Sainteville m'avait donné congé; il emmenait les enfants en week-end.

Il y avait une longue enveloppe jaune à mon nom. J'ai vu tout de suite, en haut et à gauche, le mot « Tribunal ». La gardienne attendait, observant mon visage. J'ai souri. Elle a dit : « Vous savez combien il fait ce matin? Moins cinq! J'en connais qui ne vont pas rire. »

J'ai répondu : « Certainement, ils ne riront pas »; j'ai remercié pour la lettre et refermé la porte tandis qu'elle était toujours là, sur le paillasson.

J'ai décacheté l'enveloppe tout de suite, dans l'entrée. Je n'ai jamais été capable d'attendre ne serait-ce qu'une minute pour lire une lettre, même une mauvaise, une redoutée. Pour moi, le courrier c'est toujours urgent : comme un coup de sonnette : vous ouvrez!

C'était très bref. Mme Langsade, née Moreau Claudine, était priée de se présenter le 22 décembre devant le juge en même temps que son conjoint et accompagnée de son avocat. Le nom, l'heure, la date et le numéro de salle étaient écrits à la main; tout le reste était imprimé.

Le vingt-deux. Le vingt-deux, c'était dans trois semaines, cinq jours avant Noël. C'était maintenant.

Je suis allée dans la cuisine. Il y avait un grand vide en moi mais pas d'étonnement. J'avais toujours su qu'un jour nous devrions, Julien et moi, aller devant le juge; mais parce que ce matin quelque chose se cassait je me rendais compte que je m'étais habituée à cette situation d'attente, faite à ce type de souffrance où rien n'était encore définitif.

J'ai rempli une casserole d'eau et je l'ai mise à chauffer. Il y a des gestes comme ceux-là qui me font un bien incroyable : ils me donnent l'impression de « continuer ». J'ai mis de l'eau à chauffer, j'ai pris une tasse, j'y ai versé de la poudre de café. Je tenais le malheur en suspens au bout de mes doigts. L'eau bouillait déjà. On ne peut indéfiniment verser du liquide sur du café et il a bien fallu que je finisse par m'asseoir.

L'hiver était immobile derrière le carreau, lourd de tous les jours froids à venir, suite de pages grises. J'ai étalé la feuille devant moi : « Greffe des affaires matrimoniales : affaire Langsade et sa femme née Moreau. » Ainsi, quelque part, des gens s'occupaient de notre cas, des papiers circulaient, nous concernant Julien et moi.

« Salut, maman ! »

Je n'avais pas entendu entrer Mathilde. Elle était sur le seuil de la cuisine et me souriait.

« Salut, ma fille !

– Je n'étais pas sûre que tu serais là, et puis j'ai vu ta voiture. »

Elle s'est approchée et m'a embrassée sur le front. Comme il était loin déjà cet autre matin où elle était venue me surprendre, m'apportant des croissants. Aujourd'hui, le malheur n'était plus neuf et l'on n'y pouvait rien. Il y avait, dessus, la corne du temps. L'ère des croissants était passée.

« Tu vois, ai-je dit. Je me suis donné congé ce matin. »

Elle a pris la casserole et y a remis de l'eau.

« Ça doit être bien, ton travail avec Fabienne. Travailler dans de jolies choses, c'est quand même énorme.

– C'est énorme, en effet. A part ça, tu es autorisée à ôter ton imperméable. »

Elle l'a jeté sur le dossier d'une chaise, ma fille si différente de moi, avec ses jeans, ses longs cheveux qu'elle lave elle-même, sa dégaine de jeune combattant fragile; si semblable aux autres filles de sa génération, toujours un rien de mélancolie dans le regard.

L'eau chauffait à nouveau. Elle est allée vers le buffet. Nous avions rapporté de Bretagne une tasse à son nom. Elle y tenait beaucoup. Elle a pris n'importe quelle tasse puis elle s'est assise en face de moi; elle regardait la feuille.

« Je viens de la recevoir. Je suppose qu'il s'agit de ce qu'on appelle la " séance de conciliation ".

– Apparemment, a-t-elle dit. Ne t'en fais pas trop. C'est une simple formalité. »

Elle récitait. Devant le malheur, on récite toujours. Et moi, j'aurais souhaité que ma fille me demande : « Souffres-tu ? », et : « Qu'est-ce que cela fait d'ouvrir une enveloppe marquée tribunal ? » De vrais mots.

« A partir du moment où quelqu'un est condamné à mort, ai-je dit, je suppose que tu considères comme une formalité le fait de lui couper la tête ? »

Elle m'a regardée avec reproche : « Ne le prends pas comme ça.

– Qu'est-ce que je ne dois pas prendre comme ça ?

– Les choses ! La situation. Tu t'enfermes. On ne te voit plus. Ce n'est pas une solution. »

J'ai dit : « Chacun fait ce qu'il peut. Ce n'est pas mon genre d'aller pleurer sur l'épaule des autres, voilà tout. Et puis je ne m'enferme pas. Je travaille. Je me suis même fait un ami, figure-toi.

– Un ami ?

– Quelqu'un dans l'embarras. Comme moi. »

Elle a commencé à boire son café. Elle se refermait. Ma fille était venue me voir et je lui parlais durement. Mais c'est si difficile de rester bonne dans le malheur.

J'ai demandé : « Et Nicolas ? Comment va-t-il ? »

Elle a relevé la tête : « Figure-toi qu'il s'est mis dans la tête d'avoir un enfant.

– Un enfant ?

– Parfaitement. Rien que ça ! »

Elle a eu un rire. Elle pouvait bien parler de s'enfermer.

« Qu'en penses-tu ?

– Rien à faire pour l'instant. Aucune envie de me marier. »

Elle a mal interprété mon sourire : « Actuellement, quand on fait des gosses, c'est tout de même mieux de se marier. »

Ce n'était pas cela, mais comment le lui dire ? C'était la vie, si insensée : cette feuille jaune entre nous et ma fille qui me parlait mariage.

« Pourquoi n'en as-tu pas envie ? »

Elle a hésité.

« Nicolas aurait trop tendance à être casanier. Maison, enfants et tout.

– Et tout ?

– Et rien ! Rien d'autre, justement. J'ai peur de m'ennuyer. »

Et alors quelque chose m'est revenu en mémoire. C'était très loin et je n'y avais jamais repensé. Autrefois, j'avais désiré avoir une maison à la campagne où nous irions avec les enfants; il y avait eu, non loin de Chanterelle, une occasion à saisir. Julien avait refusé. Avec l'argent que nous dépenserions pour une maison il préférait me payer toute ma vie des voyages, l'hôtel. Mais ne pas s'enfermer ! C'était ses paroles : « Ne pas s'enfermer. »

« Tu as peur de t'ennuyer avec Nicolas comme ton père avec moi ? »

Elle a relevé brusquement la tête : « Je n'ai jamais dit cela ! »

J'ai murmuré : « Par moments, tu lui ressembles tant !

— On dirait que tu me le reproches... »

Elle me regardait avec défi. J'ai dit : « Non ! Je te demande pardon. » J'ai montré la feuille : « Cela n'a beau être qu'une formalité, tu n'es pas très bien tombée ce matin. »

Son regard s'est adouci.

« C'est lui qui m'a demandé de passer. Il m'a appelée du bureau. Il s'inquiétait. Il a plusieurs fois essayé de te joindre le soir sans te trouver. »

Elle a dit cela et Julien a été là. Il s'inquiétait. Il avait essayé de me joindre. On dresse des murs imaginaires. On se dit « plus jamais » et l'on se résigne à ne plus se voir. Et soudain on se rend compte qu'en quelques minutes on peut être près l'un de l'autre, se regarder, s'entendre.

Et soudain on ne peut plus attendre.

21

SUIVANT les indications, je sonne et j'entre. Je suis rarement venue ici; c'était le domaine de Julien et je le respectais.

Je traverse l'entrée déserte. Là aussi c'est samedi. Julien a toujours travaillé le samedi matin : le seul moment où le téléphone ne le dérange pas et où il peut étudier tranquillement les dossiers difficiles.

Il partage ce grand appartement avec deux autres avocats : son bureau, c'est celui du fond, le plus grand. J'ai préparé les mots. Je me sens comme « portée ». Ces questions qui me lancinent, je vais les lui poser à lui. Je reproche à Mathilde de ne pas employer de vrais mots, ai-je jamais posé les vraies questions à Julien ? « T'es-tu ennuyé avec moi ? » « Aurais-je pu changer ? » Quelle que soit la réponse, il me semble qu'elle me sera moins douloureuse que l'incertitude.

La porte du bureau est ouverte. Il n'est pas là ! Une jeune fille à lunettes range des dossiers sur une étagère. Elle s'interrompt en me voyant et son regard s'étonne.

« Je suis Mme Langsade. Je passais voir mon mari.

– Il vient de sortir, dit-elle, mais je crois qu'il doit repasser. Voulez-vous lui laisser un message ? »

Elle a l'air franchement désolée. Je me suis approchée du bureau. Qui a choisi cette lampe ? Ce cendrier? D'où vient ce galet rond comme nous en ramassions sur la plage de Dieppe, avec, dessus, un refrain de mer?

« Voulez-vous de quoi écrire? »

Je ne réponds pas. Mon cœur bat. Sous le galet, parmi d'autres papiers, je viens de reconnaître une feuille jaune identique à celle que j'ai reçue ce matin.

Je me penche : « Monsieur Langsade. Tribunal de grande instance. » C'est bien ça.

Sans m'occuper de la jeune fille je prends place devant le bureau. Au bas de la feuille jaune, j'écris : « C'est drôle. Il a fallu " ça " pour que je vienne m'asseoir à ton bureau. Appelle-moi. »

Ma main tremble. Je me lève. « S'il repasse, vous lui montrerez. »

Elle acquiesce. Sait-elle? Mais quelle importance?

Je longe sans hâte l'avenue. Lorsque je vois la voiture de Julien devant le restaurant, « notre » restaurant, je ne suis pas étonnée; je venais souvent l'y rejoindre le samedi à midi. Si notre table n'était pas libre, on nous trouvait toujours un coin.

A nouveau, je suis prise de hâte. « Il vient de sortir », a dit la jeune fille. Il n'aura peut-être pas commencé à déjeuner. Dans le rétroviseur, je rectifie ma coiffure. Poudre, rouge à lèvres. Il a appelé Mathilde. Il s'inquiétait. Quelle idée d'avoir écrit sur cette feuille! Je vais m'excuser : un enfantillage, une plaisanterie.

Quand vous poussez la porte du restaurant, vous vous trouvez devant une tenture rouge qui évite les courants d'air à ceux qui sont placés près de l'entrée. Il y a deux salles. « Notre » table se trouve dans la salle du fond, un angle d'où l'on a vue sur tout. Les meubles sont des copies d'ancien; lustres et tentures aussi. Cela donne à l'ensemble un côté confortable, en dehors du temps, protégé.

Je franchis le rideau et dis bonjour à la jeune

femme qui, derrière le bar, s'occupe du vestiaire et prépare les apéritifs. « Mon mari est là ? » Elle me regarde d'un drôle d'air. C'est alors que je le vois.

Il rit. A notre table, le visage renversé en arrière, la main posée sur celle d'une femme à côté de lui, il rit. La femme le regarde, le visage radieux, belle, oui, moins jeune que je ne pensais. Il rit comme un homme heureux, comme un homme jeune, comme je ne l'ai jamais entendu rire : de tout son cœur, de tout son être. Et tout est dit.

Ce que je vois en marchant dans la rue, c'est une bouteille de cidre dans le frigidaire, des cigares sur le bureau, de vieilles frusques dans l'armoire, tout un cimetière de choses depuis longtemps fanées, finies, que je croyais vivantes et que je cultivais. Ce que je vois, c'est ma sottise.

Ce matin, Julien a reçu une longue enveloppe jaune marquée « Tribunal » en haut et à gauche. Il a appelé Mathilde : « Tu devrais passer voir ta mère. » Il se doutait que je le recevrais aussi. « Tu lui diras que ce n'est qu'une formalité. »

Puis il a réservé « notre table » en précisant « nous serons deux ». Il y a pris place et il s'est laissé aller au bonheur. Et si je pleure, c'est que le jour où l'un n'aime plus, et même s'il a aimé longtemps, le jour où l'un s'en va, il ne reste plus rien.

Je suis assise sur un banc et j'ai froid. La foule moutonne vers les cinémas, les cafés sont pleins. Le vent désigne sur mes joues la trace des larmes.

Je suis dans un café près de la maison et je bois un grog. J'ai demandé : « beaucoup de rhum ». Pour la première fois, rentrer chez moi me paraît impossible.

Une femme qui tremble, une femme en détresse forme un numéro dans une cabine téléphonique. Elle demande Florent. Il paraît qu'il est là; on va le chercher. J'ai tout juste la force de lui dire : « Venez. »

22

COMME il l'avait déjà fait une fois, il m'a prise par le bras et, sans un mot, il m'a emmenée. Un taxi nous attendait; il m'a aidée à y monter. Il a donné une adresse au chauffeur et, lorsque la voiture a eu démarré, il a pris ma tête et l'a posée sur son épaule, appuyant sa main sur ma joue pour me cacher le monde.

Je pleurais, bien entendu, mais parce que j'étais sauvée, sauvée un peu, et j'aurais voulu que ce voyage ne finisse pas; à cause de cette épaule, cette main, à cause de l'homme qui nous conduisait et dont je ne saurais jamais rien, rien que la nuque, rien que le dos; des lumières dans les rues que je recommençais à partager avec les autres et de tout ce qui revenait en moi, comme du sang.

Nous sommes entrés dans une maison; nous avons pris un ascenseur, traversé un appartement, monté deux étages à pied. Il avait préparé la clef. Il a ouvert une porte et s'est effacé pour me laisser passer.

C'était une sorte de studio avec deux fenêtres de poupée donnant sur les toits. Il y avait peu de meubles : un grand lit recouvert d'une fourrure blonde qui faisait riche et détonnait, un bureau, deux fauteuils. Sur l'un des fauteuils, son manteau était posé. J'avais dit : « Venez! » Il n'avait pas pris le temps de le mettre; il était venu comme ça, par moins cinq degrés. « J'en connais qui vont souffrir », avait dit la concierge.

Je tremblais de tout mon corps; je ne pouvais m'en empêcher. Il m'a aidée à retirer ma veste.

« Etendez-vous! »

Lorsque j'ai été sur le lit, il a ramené la fourrure sur moi, puis il a allumé un radiateur à gaz qu'il a roulé au centre de la pièce. Nos regards se sont croisés; il a mis un doigt sur ses lèvres pour me dire que je n'avais pas besoin de parler, et il a souri.

J'étais seule. Je regardais la nuit par les deux fenêtres jumelles. Je regardais les livres alignés par terre tout autour de la pièce. J'entendais, à côté, de l'eau couler, le bruit de récipients heurtés. Lorsqu'il est revenu, il tenait deux grands verres remplis d'un liquide fumant : « Ce sont des grogs, attention, ne vous brûlez pas. » Il m'a aidée à me redresser et a glissé des coussins dans mon dos.

J'ai dit : « Vous aviez raison. J'espérais encore. » J'ai entendu le rire de Julien et vu son visage renversé. Ce serait simple maintenant : si l'espoir revenait, je n'aurais qu'à me souvenir.

« Mais cette fois, c'est bien fini!

— Je sais. Sinon, vous ne m'auriez pas appelé. »

A la pensée qu'il était venu tout de suite, sans même se couvrir, je n'ai pu retenir un sanglot. Il s'est assis à côté de moi et il a passé le bras derrière mes épaules pour que j'appuie ma tête.

« Fort! Appuyez-vous fort! »

J'ai appuyé fort, c'est-à-dire que je me suis laissée aller sans craindre de peser et nous sommes restés ainsi jusqu'à ce que ça passe.

« Toute la matinée, a-t-il dit, j'ai senti quelque part en moi que vous alliez m'appeler et j'avais décidé de ne pas mettre le nez dehors.

– En fin de cette matinée, ai-je dit, j'ai fait une découverte, une découverte toute simple : Julien s'ennuyait avec moi. »

Il m'a obligée à le regarder. Je m'obligeais à sourire.

« Ne croyez pas ça. Jamais! Votre mari ne s'ennuyait pas avec vous. Si cela avait été le cas, il vous l'aurait montré et il vous aurait aidée à changer. Ce n'est pas une affaire entre vous et lui, c'est une affaire entre lui et lui. Entre lui et son âge. Vous n'y pouvez rien s'il veut continuer à brûler. »

J'ai aimé ce mot et la façon dont il l'avait dit. Un jour, lui aussi avait brûlé. Il savait. J'ai tourné mon visage et mes lèvres ont été tout près de son cou et je l'ai respiré. Il ne disait plus rien mais sa main a pressé plus fort mon épaule. Mes lèvres ont effleuré sa peau. Il a eu un sursaut et durant quelques secondes il m'a fait mal en me serrant.

« Je vous désire, oh! comme je vous désire... »

Je ne bougeais plus. Il a ajouté : « Mais vous n'avez pas à avoir peur. Pour rien au monde, je ne voudrais faire quelque chose que vous ne souhaiteriez pas. Je n'en éprouverais aucun plaisir. »

Il a tourné lui aussi la tête et ses lèvres sont venues sur mon front.

« Dans ma vie, ai-je raconté, il n'y a eu que Julien. C'est tout. Je n'ai jamais connu d'autre homme. Je n'ai aimé que lui. Certains trouveraient ça ridicule.

– Pendant des années, il n'y a eu que ma femme. Elle remplissait tout. Je ne trouvais pas ça ridicule. Je trouvais ça normal. J'ai mis beaucoup de temps à comprendre que ce n'était pas moi qu'elle aimait mais certaines choses que je lui offrais. »

Nous n'avons pas parlé pendant un moment. J'avais eu si froid! Ne plus trembler, être bien, était-ce possible? Et, en même temps que la chaleur, montait le désir d'être plus près de cet homme, cette voix, ces paroles.

J'ai posé ma main sur sa poitrine et à nouveau il a eu ce sursaut. Il a murmuré : « Je ne voudrais pas que ce soit pour vous venger de lui. J'en serais malheureux.

– Ce n'est pas pour me venger. »

C'était pour être encore plus près, encore plus deux : plus un.

Alors, il a commencé à me caresser : la joue, le cou, l'épaule. J'aimais sa main, ce poignet fort, ce poignet d'homme. J'aimais qu'il n'y ait pas de hâte, pas de grand feu : la promenade d'une flamme. J'ai attendu, le cœur battant, que cette main vienne sur mes seins. Il gardait les yeux fermés.

« Vous étiez comme une petite fille qu'on a perdue dans la rue et qui crie. J'entendais ces cris dans vos yeux; c'était bouleversant. »

Sa main s'est glissée sous mon chandail. J'ai senti son désir. Soudain, j'ai eu peur, et honte. J'ai murmuré : « Vous savez, je ne suis pas tellement belle ! »

Il s'est mis à rire : « Je vais vous confier quelque chose, et après ça vous n'aurez plus jamais de complexes avec moi. Mais je vous interdis de vous moquer.

– C'est promis.

– Le lendemain du jour où je vous ai rencontrée pour la première fois, j'ai commencé à faire de la gymnastique : des abdominaux. Vingt minutes par jour... »

Je l'ai imaginé et j'ai ri aussi; et bien que mêlé de douleur, c'était un vrai rire.

« Cela doit être ça aussi, l'espoir. Parfois, ça marche. »

Sa main a pris ma hanche et je me suis laissée aller, sans désir de vengeance, sans remords non plus. C'était ce chemin hors circuit dont il avait parlé, où tout était possible, même, au bord de la détresse, d'éprouver de la douceur à être caressée par un homme que l'on n'aurait jamais remarqué sur la route principale; à être caressée et à parler, à dire : « Vous savez, je me sentais devenir méchante, dure; même avec ma fille. Aucune envie de faire plaisir. Comme une barrière qui m'en empêchait.

– Et la barrière tombe. Vous en parlez déjà au passé ! »

Sa main m'emmenait. Elle est venue s'appuyer, là. Je me suis entendue dire « oui ». Il a interrogé : « Comme ça ? » J'ai répété : « Oui, oui. » Avec Julien, l'amour était fort et brûlant; il avait quelque chose d'une lutte. Avec Florent, nous n'en finissions pas de nous rapprocher.

A un moment, j'ai demandé : « Est-ce que vous me connaissez bien ? » C'était important. Bien, avec ma peur, ma lâcheté. Bien avec les larmes. Il a répondu : « Par cœur. Je te connais par cœur. »

Et je pensais à ce rêve que j'avais fait où, immobile, les yeux fermés, les bras liés, je donnais à Julien une partie de moi-même. Ce qui se produisait ce soir, c'était le contraire : mes yeux étaient ouverts, nos regards se mêlaient, nos voix, et quand j'ai commencé à le caresser il m'a dit qu'il aimait ma main, ma douceur et que je savais bien.

Plus tard – il n'y avait plus d'heure, ni de lieu, il y avait ce bateau où nous étions réfugiés tous les deux – il est venu en moi. Bien que mon bonheur fût impossible ce soir-là, j'ai été heureuse de sentir monter le sien, et quand il s'y est abandonné je l'ai entouré de mes bras.

Après, je lui ai demandé : « Pourquoi suis-je si bien avec vous ? » J'éprouvais de la douceur à le vouvoyer; cela ouvrait l'avenir. Il a répondu : « C'est la tendresse. »

23

PAS un grand feu, une petite flamme, mais tenace, à la fois lumière et chaleur : le regard de mon père, ce que j'avais essayé de rayonner autour de moi, ce que je n'avais pas connu avec Julien, ni Florent avec sa femme : une façon douce d'accepter l'autre, de comprendre; et toujours l'épaule pour s'appuyer. L'épaule.

Il a prononcé le mot « tendresse », j'ai pris son bras, je l'ai remis autour de moi pour lier ce pacte.

Avant de quitter la chambre, il m'a dit que demain je regretterais peut-être d'avoir fait l'amour avec lui. Il ne faudrait pas. Rien ne serait changé entre nous. Si je le désirais, nous pourrions reprendre la vie comme avant; ce serait à moi de décider.

La nuit était très pure, le ciel, loin : vide vertigineux nourri de tous les regards des humains. J'ai souhaité marcher un peu et nous avons gagné les quais : vivre à Paris, c'est avoir la Seine dans son histoire. Florent tenait mon bras. Je me sentais fragile. Il m'a dit qu'une vieille croyance faisait des hommes des êtres forts, mais que personne ne l'était réellement. Les hommes aussi avaient besoin de s'appuyer. Le savoir, l'accepter, cela allait avec la tendresse.

Je me suis endormie tout de suite.

Le téléphone m'a éveillée : Julien. Il était déjà neuf heures. Hier, il avait trouvé mon mot et essayé de me joindre en vain. J'ai dit : « Je t'ai vu au restaurant, tu riais, cela m'a fait très mal, j'ai vraiment cru mourir. »

Les larmes coulaient, mais c'était des larmes calmes. Au bout d'un moment, d'une voix basse, il a demandé : « Veux-tu que je vienne te voir? » J'ai répondu : « Non! Nous nous verrons le vingt-deux.

– Le vingt-deux?

– Chez le juge. »

J'ai raccroché : en douceur.

Je suis restée un long moment immobile. Il y avait quelque chose de changé. Une amie, malade de jalousie, m'avait raconté qu'un jour, après des années de souffrance, elle s'était éveillée guérie. Je n'étais pas guérie de Julien, mais son rire, son visage d'hier avaient vraiment tiré le trait au bas de notre histoire. Il était heureux. Il n'avait aucun regret. Je ne le verrais jamais revenir, douloureux et éperdu comme dans les films de cinéma. Et il y avait aussi les paroles de Florent : « un problème entre lui et lui », ces paroles qui m'innocentaient.

J'ai pensé : « Florent. » Je l'ai vu me parlant et me caressant en même temps, je l'ai senti en moi. Je ne regrettais pas, mais j'avais de la peine à croire que j'avais été dans ses bras. Comme il avait bien fait de me dire qu'il me laisserait décider!

Cet après-midi-là, nous sommes allés au cinéma. J'ai appuyé ma tête sur son épaule, c'est tout. Ensuite, nous avons dîné ensemble dans notre bistrot et j'ai trouvé comme lui que nous y étions bien. Avant de me quitter, devant la porte cochère, il m'a dit : « Je crois que je n'ai pas été aussi heureux depuis longtemps, bien longtemps. » Son visage était à la fois celui d'un homme et d'un enfant : celui d'un enfant étonné d'être un homme heureux.

« Pourquoi ?
– Parce que j'existe, maintenant, et que c'est très doux d'exister à cause de vous. »

Et la vie a repris, pareille à ce mois de décembre qui me conduisait vers le bureau d'un juge : froid et grisaille traversés d'élancements. J'ai revu Fabienne. J'ai vu ma fille et écrit à mon fils que je ne viendrais pas en Bretagne pour Noël. C'était trop loin; je n'avais que quatre jours de congé et j'étais si lasse!

Si lasse! Ce que m'apportait mon travail, c'était l'obligation de me lever chaque matin, sinon je ne sais si j'en aurais eu le courage; mais deux enfants m'attendaient et c'était sans doute la seule chose capable de me décider.

Ils étaient faciles, polis. Je crois qu'ils m'aimaient bien. Gabrielle avait recommencé à me vouvoyer : son père lui apprenait à ne pas tutoyer à tort et à travers.

De plus en plus souvent, Bertrand Sainteville rentrait pour déjeuner; alors, je prenais mon repas à la cuisine. J'aurais voulu avoir très faim, pouvoir manger beaucoup pour me passer de dîner, pour dépenser moins; voilà où j'en étais! Le soir, lorsque j'entendais la clef dans la serrure, j'étais prête à partir. De lui, je n'aurais rien pu dire. Quand nous nous croisions il était poli. Un jour, il m'a demandé de faire moins de gâteaux aux enfants. N'avais-je pas remarqué que Sylvain prenait trop de poids ?

Certaines personnes disent de la vie qu'elle leur a « joué des tours ». La vie m'a joué un tour, un tour cocasse, un drôle de tour, le dix-huit décembre.

Ce soir-là, j'étais invitée à dîner chez des amis. J'ai demandé à partir plus tôt. Je suis passée chez le coiffeur, je me suis fardée avec soin, j'ai revêtu ma plus belle robe et mis mes bijoux, car je me rendais chez des gens qui attachaient de l'importance à ces choses-là. Pour parfaire l'image, j'ai jeté sur mes épaules une fourrure que Julien m'avait offerte pour nos vingt années de mariage.

Il y avait déjà une dizaine de personnes dans le grand salon où un feu avait été allumé lorsque je suis arrivée. Je n'en connaissais pratiquement aucune. Les hommes se sont levés pour me baiser la main : le dernier à m'être présenté était Bertrand Sainteville.

Il me regarde comme s'il essayait de me situer. Entre celle à qui, il y a quelques heures, il a accordé l'autorisation de travailler une heure de moins et la femme qu'on lui présente sous le nom de Mme Langsade, il ne parvient pas à faire le lien : il refuse de croire ce que ses yeux lui apprennent.

En moi, c'est le plus grand trouble; la peur aussi. Réalisant qui je suis, ne va-t-il pas me trahir? Il garde le silence. Très vite, je dis : « Je crois que nous nous sommes déjà rencontrés.

– Il me semble, en effet. »

Mon amie Odile, la maîtresse de maison, m'entraîne sur le canapé. Champagne? Champagne! Elle vient s'installer à mes côtés. A une époque, nous avons été assez liées. Nous louions ensemble une maison en Bretagne pour y emmener nos enfants. Comment vont Eric et Mathilde? Comment vont Gaétan et Aude?

Je parle machinalement. Je ne pense qu'à cet homme qui, près de la fenêtre, bavarde avec le maître de maison. Est-il en train de lui demander qui je suis? Ce que je fais dans la vie, il sait : le ménage chez lui.

Je reprends du champagne. Pourvu que je sois loin de lui à dîner!

Je suis en face. Nous sommes douze autour de la table ovale. Autant d'hommes que de femmes. On m'a assortie avec mon patron : un veuf, une séparée :

c'est plutôt drôle, finalement ! Les deux coupes de champagne que j'ai bues coup sur coup m'aident à prendre un peu de recul. Le moment difficile n'est-il pas passé ? Mais, demain !

La conversation roule sur la politique, la rentrée difficile, les grèves. On en vient fatalement au chômage.

Tous les hommes présents ont un travail, un travail plaisant. Je pense à Florent et me sens de son côté. Ils ne peuvent pas savoir. On en vient fatalement au travail féminin.

C'est un sujet très à la mode et j'ai participé cent fois à ce genre de discussion. Est-il souhaitable qu'une femme travaille ? Est-ce bien ou non pour les enfants ? Et comment se répartir les tâches de la maison ? C'est un sujet inépuisable. On va parler « épanouissement ». On en viendra fatalement aux mouvements féminins et les hommes riront. Je riais.

J'ai participé cent fois à ce genre de discussion, souriante, indifférente au fond. Ce soir, tout est changé. Je me sens attaquée, agressée par chaque parole. Et seul ici peut le comprendre cet homme en face de moi, gêné, et qui évite de donner son avis : Bertrand Sainteville.

Si j'ai bien entendu, en dehors de moi une seule femme ici travaille : quelque chose de passionnant dans la Culture avec un grand C. Parmi les autres femmes, plusieurs regrettent de n'avoir pas de métier. Les hommes sont en général assez larges d'idée. Ils admettent que nous ayons besoin de sortir de la maison, de participer à la vie.

Comme à l'Agence, une colère faite de détresse et d'impuissance monte en moi : enrichissement, contacts, ouvertures, mais qu'est-ce qu'ils racontent ? Que veulent dire tous ces mots pour la plupart des femmes ? Combien d'entre elles ont le choix ?

« Si cela peut leur faire du bien, je ne suis pas

contre, dit un homme. Et moi, je resterai à la maison! »

Rires. Rires féminins aussi. Je me souviens de cet homme, à l'Agence. « Alors, on s'ennuie à la maison? » En poli, en mondain, celui-ci vient de tenir le même langage : celui du mépris. S'il se trouve un jour au chômage, il pensera : « Pourquoi nous volent-elles notre travail? »

« Savez-vous que la majorité des femmes ne travaillent pas pour " se faire du bien ", mais parce qu'elles y sont obligées? »

Le silence tombe. C'était le ton de ma voix. Je ne plaisante pas, moi. On me regarde. Qui connaît ma situation, ici? Les maîtres de maison me savent seule; ils ne sont sûrement pas au courant des détails. Des détails...

« Claudine a raison, dit mon amie, avec chaleur. Je ne sais pas pourquoi on parle toujours du travail féminin comme d'un choix.

– Sans doute parce que nous parlons de vous, mesdames, dit un invité, de vous qui avez la chance de pouvoir choisir, et, si cela ne marche pas, de rentrer à la maison. »

Bernard Sainteville me regarde et il me semble que son regard cherche à m'apaiser.

Je poursuis : « Et combien de travaux apportent les satisfactions merveilleuses dont vous parlez?

– En effet, dit Bertrand Sainteville. Mais c'est également le problème pour les hommes. Combien d'entre eux se font du bien en travaillant?

– Très peu! C'est ce que les jeunes ont compris, d'ailleurs », dit le maître de maison.

Son fils a interrompu ses études et vit de ce qu'on appelle des « petits boulots ».

Ils enchaînent sur le problème des adolescents. Tout le monde semble soulagé. Je pense aux chemins de traverse. J'y suis, malgré moi, à mon corps défendant ! Les choses de la vie y ont d'autres couleurs et, faisant irruption quelques minutes sur la route principale pour les leur montrer, j'ai troublé leur marche. Et soudain, j'ai envie, tellement envie d'être dans les bras de Florent : dans la tendresse.

Il y a eu le café. Il y a eu les jus de fruits. Vers minuit, tout le monde s'est levé. Bertrand Sainteville s'est approché de moi.

« Puis-je vous raccompagner ?

– J'ai une voiture, merci.

– Alors, laissez-moi vous y escorter. »

Lorsque nous avons été suffisamment éloignés des autres, des « à bientôt », des « on s'appellera », il a demandé :

« Pourquoi ne m'aviez-vous rien dit ?

– Si j'avais dit qui j'étais, votre mère ne m'aurait pas embauchée. »

Il a réfléchi : « C'est possible. Sans doute aurait-elle hésité; cela l'aurait peinée. Pour vous. »

Il a regardé ma fourrure, mon collier. Je crois qu'il n'était pas encore habitué. « Pourquoi avoir choisi ce travail-là ?

– Je n'en trouvais pas d'autre. J'avais besoin de gagner rapidement ma vie; c'est tout simple, vous voyez !

– Votre mari ne vous aide pas du tout ?

– Il m'aide. Largement ! Mais je m'étais mis dans la tête de garder notre appartement. Nous y avons vécu ensemble pendant vingt-cinq ans.

– Je peux comprendre ça. Pour un empire, je ne changerais pas : Sabine est encore là ! »

Sabine. Pour la première fois, il avait prononcé son nom devant moi. J'ai levé les yeux : là-haut, ces trois fenêtres éclairées, c'étaient celles du salon où nous étions encore il y a un instant. Odile rangeait les verres, aidée de son mari. Lorsque nous recevions des amis, j'aimais ce moment, juste après leur départ, où nous nous retrouvions, Julien et moi, sans obligation de sourire, de parler. Parfois, nous nous effondrions en riant sur le canapé et nous faisions des grimaces. Rester deux après la fête, c'est merveilleux.

« J'arrêterai mon travail le vingt-deux décembre. »

Le vendredi vingt-deux, les enfants partaient chez leur grand-mère pour les vacances de Noël.

« Vous trouverez facilement quelqu'un d'autre, ai-je ajouté avec malice, la place est bonne. »

Il avait l'air ennuyé, l'air de ne savoir que dire.

« Si vous désirez continuer, on pourra peut-être s'arranger avec la concierge pour le ménage.

— Vous savez bien que ce n'est pas possible. »

Comment pourrait-il, maintenant qu'il savait, me laisser déjeuner à la cuisine ? Laver son linge.

« Vous n'oseriez plus me dire de faire moins de gâteaux aux enfants... »

Il a souri : « Ils vous regretteront.

— Quelques jours ! Essayez de trouver une femme plus jeune; qui joue un peu avec eux. »

J'avais froid. Il l'a vu. Il a ouvert la portière de ma voiture.

« Quand même... si je peux faire quelque chose.

— Jusqu'au vingt-deux, continuer à me " voir ", ai-je dit. C'est drôle. Nous nous sommes croisés chaque jour depuis plus d'un mois et, ce soir, vous m'avez " vue " pour la première fois.

— Je vous demande pardon. »

J'ai aimé qu'il ne cherche pas d'excuse. D'ailleurs, pourquoi des excuses ? Il n'était pas en faute. C'est cela, la vie : quelques personnes qu'on aura vues.

Je lui ai tendu la main. Comme les autres hommes de cette soirée, il s'est penché sur elle et l'a effleurée de ses lèvres. Je n'ai pu dissimuler mon sourire.

« Il ne faudra pas faire ça devant les enfants. »

J'ai démarré. Il ne bougeait pas. C'était un bel

homme et il avait du cœur, comme on dit. Je crois qu'il était sincèrement désolé de toute cette histoire.

Dans les romans que je lisais, jeune fille, et dont on disait qu'ils ne faisaient pas partie de la « bonne littérature », Bertrand Sainteville aurait eu une particule à son nom. Légèrement plus âgé que moi, les tempes argentées, beau veuf inconsolable, il ne m'aurait pas, les premiers temps, remarquée. Pourtant, j'aurais été encore très belle. On ne m'aurait pas du tout donné mon âge. Les enfants se seraient peu à peu attachés à moi comme à une mère. Je n'aurais pu me passer d'eux. Me rencontrant ce soir, Cendrillon transformée en princesse, il aurait découvert qu'il m'aimait. Il m'aurait demandé de partager sa vie et notre histoire se serait poursuivie dans le flot des pétales blancs et roses d'un éternel printemps.

24

Le 22 décembre, à neuf heures moins le quart, Gilles est venu me chercher à la maison. Il portait sa robe d'avocat et il avait un dossier sous les bras. Je lui ai offert un café. Tout en le buvant, il m'a rappelé les grandes lignes de notre requête en divorce.

Nous avions donc choisi de divorcer par consentement mutuel, plus précisément « sur demande conjointe ». Dans ce dossier se trouvait le projet de convention que nous allons soumettre à l'approbation du juge. Il y était question de l'appartement dont Julien acceptait de me laisser l'utilisation, du partage de nos biens et de la pension qu'il me verserait chaque mois. Le rôle du juge était de s'assurer que nous étions bien d'accord sur tous les points, qu'aucun de nous deux n'avait eu la main forcée, qu'aucun n'était lésé. Julien me laissait l'appartement; tout ce que nous possédions avait été partagé en deux; la pension, je savais; comme Gilles l'avait escompté, mon mari s'était montré la générosité même. Il n'y aurait aucun problème.

Gilles avait terminé son café. Il a posé sa main sur la mienne : avais-je des questions à lui poser? Je lui ai demandé de m'expliquer en détail tout ce qui allait se passer, je voulais dire, vraiment *tout* à partir du moment où nous quitterions cet appartement.

Lorsque j'avais été opérée, j'avais demandé la même chose au chirurgien; et alors, plutôt que de sentir l'angoisse, diffuse, autour de moi, c'était comme si je la contenais entre mes mains.

Durant le trajet, il m'a donc, de sa voix rassurante, tout expliqué en détail et cela s'est passé très exactement ainsi qu'il l'avait dit.

Il y avait beaucoup de monde dans la grande cour du palais de justice. J'étais souvent passée devant ces grilles noires aux lances dorées et j'avais regardé avec curiosité et amusement cette agitation, ces robes noires, ces groupes d'étrangers que l'on reconnaissait aux appareils suspendus autour de leur cou et à leurs visages qui interrogeaient le ciel, mais jamais je ne les avais franchies.

Nous avons franchi la grille, traversé la cour et gravi trente-sept marches. Nous avons longé un hall immense au beau sol de marbre. « Ça va? » a demandé Gilles. « Ça va! » Le hall était ponctué de bancs de bois où discutaient des avocats et de hauts poêles noirs qu'il m'a fait remarquer; ils servaient autrefois au chauffage et ce n'était pas un hasard si les bancs étaient placés à côté.

Au bout du hall, nous avons tourné à droite et pris un ascenseur jusqu'au cinquième étage. Là, se trouvait le greffe des Affaires matrimoniales : une petite pièce où une femme s'occupait de l'accueil, une salle d'attente et une suite de portes numérotées : les cabinets des juges.

Dans la salle d'attente, plusieurs personnes attendaient avec leurs avocats, mais Julien n'était pas parmi elles. C'était nous qui étions en avance; ce matin-là, on ne sait pourquoi, la circulation était fluide à Paris.

Il est arrivé essoufflé. Il avait sûrement monté les étages à pied, c'est l'une des choses qu'il fait pour garder la ligne. Il ne semblait pas dépaysé. Il avait dû venir souvent ici, mais alors il portait sa robe.

Il a posé une seconde la main sur mon épaule, c'est tout ! Nous nous sommes assis tous les trois et nous avons regardé les autres couples, les autres avocats, les quelques meubles, la fenêtre, n'importe quoi sauf nous, parce que tous les mots devenaient impossibles en face du mensonge que renfermait la serviette noire.

Lorsqu'on est venu m'appeler, Gilles s'est levé aussi. Il est entré avec moi dans le cabinet du juge et lui a remis le dossier en disant quelques mots que je n'ai pas entendus; puis il m'a fait un signe encourageant de la tête et il nous a laissés.

Je m'attendais à trouver un homme dans une sorte d'uniforme; j'avais devant moi une jeune femme en tailleur gai qui me souriait. Elle m'a priée de m'asseoir et a ouvert le dossier dont elle a parcouru rapidement les quelques feuillets. Il y avait, je m'en souviens, un vase avec une plante verte fragile dans un coin du bureau, un sac à main posé contre le mur et aussi un peu de soleil.

Elle a relevé la tête et m'a regardée un instant.

« Vous avez donc décidé, vous et votre mari, de vous séparer. »

J'ai acquiescé.

« Je suppose que vous avez, tous les deux, bien réfléchi. »

J'ai de nouveau dit « oui ». Elle m'a regardée « plus fort », si l'on peut s'exprimer ainsi.

« Si vous avez quoi que ce soit à me demander, ou à me dire, n'hésitez pas. »

J'ai secoué négativement la tête. Ses yeux sont revenus au dossier; elle en a de nouveau tourné les pages.

« Je vois que votre mari vous laisse l'appartement. Le bail étant à son nom, il faudra penser, le moment venu, à prévenir votre propriétaire par lettre recommandée; mais nous en reparlerons. »

Elle continuait à tourner les pages; de ma place, je ne distinguais que des colonnes de chiffres.

« Il vous versera chaque mois une prestation. »

Elle a énoncé la somme. « Je pense cependant que vous devrez travailler pour bénéficier de la Sécurité sociale. »

Je le savais. Gilles me l'avait dit lors de notre premier rendez-vous.

Elle m'a demandé une fois de plus si j'avais quoi que ce soit à dire; c'était important; c'était maintenant. J'ai secoué négativement la tête.

Julien n'est resté que quelques minutes, seul avec elle. Peut-être avait-il déjà accompagné un client dans ce cabinet ? Peut-être se connaissaient-ils ? Lorsque nous les avons rejoints, Gilles et moi, le dossier était refermé et elle avait les mains croisées dessus. J'ai remarqué qu'elle portait une alliance.

Elle nous a dit quelques mots. C'était également une femme qui nous avait mariés et j'avais piqué un fou rire parce qu'elle récitait si visiblement, ceinte de son ruban tricolore, et aussi à cause d'un homme en uniforme orné de chaînes, qui nous indiquait d'un geste solennel qu'il fallait s'asseoir ou se lever, c'est-à-dire toutes les deux secondes.

« Dans quelques semaines, a-t-elle dit, vous reviendrez dans ce bureau et, lorsque vous en ressortirez, votre mariage sera dissous. C'est pourquoi je vous demande de mettre à profit le temps qui vous est laissé pour bien réfléchir encore. »

Sur son bureau, il y avait une gomme et je la regardais. Oui, c'était cela ! Ils étaient en train de gommer vingt-cinq ans de ma vie et je ne pouvais rien faire pour l'éviter; je ne pouvais que regarder la gomme passer et repasser sur ce que nous avions été, ne laissant qu'une écume de chiffres.

Je me suis tournée vers Julien. Il l'a senti et il m'a regardée. A quoi bon, dis-moi ? A quoi bon toutes ces années, ces enfants dans nos bras, ces rires, ces projets, ces souvenirs, puisque c'était pour en arriver là ? Et j'aurais préféré m'en aller comme Sabine Sainteville au moment où nous nous aimions encore.

Le juge s'est levé. La séance était terminée. Nous avons quitté le bureau, et comme l'ascenseur n'en finissait pas de venir, nous sommes descendus à pied. Gilles tenait mon coude au creux de sa paume et je sentais sa force. On peut dire tout ce que l'on veut, j'aime ces gestes qu'ont parfois les hommes pour soutenir une femme.

« Veux-tu que je te raccompagne? » a demandé Julien, mais je n'ai pas pu lui répondre.

« Je crois que Claudine a avant tout besoin d'un solide café », a dit Gilles.

Comme nous redescendions les marches du palais, de l'autre côté de la grille, nous avons vu mon père. Julien a eu l'air surpris. Il m'a regardée comme s'il pensait que c'était moi qui lui avais demandé de venir, mais ce n'était pas moi.

On ne pouvait pas ne pas le remarquer dans la grosse veste de velours amande qu'il met le dimanche, avec ce pantalon si large que nous lui disons souvent qu'il pourrait y inviter un ami. Mais les pantalons, n'est-ce pas, cela sert à mettre des oignons de fleur, un outil, une lampe et même, plus souvent qu'on ne pense, un oiseau transi.

Il se tenait près de la grille pour ne pas nous manquer, mais il n'a pas mis le pied dans la cour et je savais qu'il ne le ferait pas, qu'il s'interdirait désormais d'entrer là. Il attache aux lieux, à ce qui s'y passe, à ce qui s'y est passé, de bon ou de mauvais, une grande importance.

Un long moment il m'a serrée contre lui. Après, il a regardé Gilles et Julien comme s'il s'étonnait qu'ils soient encore là. Il ne leur a pas tendu la main; il a incliné la tête. Gilles avait l'air gêné : « Nous avions l'intention de prendre un café.

– Je m'en charge », a dit mon père.

Il a commandé un double noir pour moi et pour lui un grand crème. Nous étions tout au fond de la salle. Sa main couvrait la mienne et cette peau au contact d'écorce m'évoquait la terre de Chanterelle, la laine de ses moutons et aussi nos promenades passées. Je crispais mes doigts sous cette main. Il disait : « Mais non, n'essaie pas de parler, ça n'a pas d'importance. De toute façon, c'est moi, c'est moi qui ai tant de choses à te dire. »

Il m'a dit d'abord qu'il comptait sur moi pour passer Noël à Chanterelle. Tout le monde serait là : Mathilde et Eric avec sa famille. Il fallait penser au sapin. Il en avait repéré un du côté de Boisseul qui avait la taille désirée, mais, pour la décoration, il ne s'en tirerait jamais sans mon aide. Si j'avais affaire ici, il m'attendrait jusqu'à ce soir. Il s'était arrangé avec Lamourette pour les moutons. Il pourrait même m'attendre jusqu'à demain, à condition que je lui prête un lit, mais il n'était pas question qu'il reparte tout seul.

Il m'a dit que les moutons avaient le piétin et que nous ne serions pas trop de trois pour les soigner; lorsque c'était moi qui les tenais, ils ruaient deux fois moins que lorsque c'était Lamourette, sans doute parce qu'ils sentaient la main d'une femme et qu'ils aimaient ça.

Il m'a dit que les couleurs de l'hiver n'étaient jamais si belles que sur un champ, une forêt ou le toit d'une maison où sommeillait un feu, et qu'il avait rentré beaucoup de bois. Le bloc de saindoux suspendu pour les oiseaux à la branche du tilleul était près de sa fin; il avait vu, au fond du jardin, une biche le regarder; Pierrot passait sa vie dans ma chambre à flairer ma chemise de nuit; les soirées se faisaient longues et seraient si douces avec moi.

Et lorsqu'il n'a plus su que dire, il m'a regardée avec tant d'attente dans les yeux que j'ai répondu : « Maintenant! »

25

Une étoile en haut du sapin; au cœur de la haute horloge à pied, allant et venant, le refrain de mon enfance; du feu dans la cheminée; deux petits enfants au visage éclairé, Eric et Mathilde à une table de jeu; mon père partout et, tout autour, la neige.

De la cuisine montent les odeurs et cette buée sur les carreaux où Luc a dessiné un soleil : un soleil avec des lunettes de soleil et une pipe. Cette buée parle d'une dinde qui dore au four tandis que se tournent à amples coups patients la purée de céleris, la mousseline de châtaignes; elle raconte aux enfants une montagne de pommes soufflées et inscrit quelque part en eux les tendres lignes des souvenirs futurs.

On a déjà mis le couvert. Les Lamourette viendront prendre l'apéritif. De tout son long sur le carrelage, ventre au frais et truffe à la flamme, Pierrot sommeille avec des soupirs de bien-être.

Juste devant la porte de la cuisine, la neige incline un buisson couvert de fruis rouges, gros comme des perles. On les voit apparaître sous le blanc comme une décoration de Noël. C'est là qu'après le repas on jette à la volée les miettes pour le rouge-gorge. Neige aussi sur les champs, là-bas, et le toit des maisons. Tout est immobile et semble figé pour l'éternité. Il paraît pourtant que les jours ont commencé à rallonger : c'est Noël !

Au centre de tout cela : la terre, le feu, le ciel, la vie; comment dire « moi »? Commment oser dire « moi »? Une fragilité, une transparence, une sensation constante de vide et de sommeil. Près des miens, l'impression d'être loin, loin mais tenue quand même, par tout ce qui a existé entre nous, leur volonté de m'aider et leurs regards qui sans cesse me tirent à eux. Et mon père surtout !

Bottés, écharpe jusqu'au nez, nous partons en promenade chaque jour après la sieste : une bonne heure devant moi à travers champs et forêts.

Les petites phrases de mon père...

« Regarde... Peux-tu imaginer tout ça dans le soleil, dans les odeurs et toi bras nus, jambes nues, comme tu aimes tant? Non! Cela paraît vraiment impossible. Et pourtant! Quelques semaines, et ça y sera, tu verras... »

Au retour, un thé brûlant accompagné de tartines, la visite aux brebis, la main timide d'une toute petite fille s'avançant vers une toison, les ventres de tout un troupeau qui s'arrondissent; d'interminables parties de dames ou de cartes et, dans ma chambre, le soir, le haut édredon de plumes. Déjà les préparatifs du premier janvier, bientôt les valises. Moi, je reste!

« Quand tu es ici, remarque Mathilde, c'est drôle, tu n'es plus la même. J'ai l'impression que tu es ma sœur, pas ma mère; il me semble que tu n'as jamais vraiment quitté cette maison. Est-ce que ça t'ennuie si je te dis ça? »

Ça ne m'ennuie pas ni ne m'étonne. Chanterelle est toujours resté « la maison ». Je n'y peux rien. Depuis l'enfance, nous avons vécu ensemble.

Je pose ma main sur celle de ma fille : « Comme tu as bien fait de dire à ton grand-père de venir me chercher!

– Mais ce n'est pas moi ! Je ne lui ai rien dit du tout ! »

Ni elle ni Julien. Alors ? Florent ? J'interroge mon père.

« On a appelé un soir; la veille de ce truc, chez le juge. Il a dit : « Je suis un ami de votre fille. Elle va « avoir besoin de vous. » Il n'a pas dit son nom. »

Il se penche, ramasse un peu de bois mort alors qu'on en a tant et tant à la maison, mais ça serait perdu. « Ce monsieur qui n'a pas de nom, il ne va pas te reconnaître quand il te reverra. Tu as repris des joues et des couleurs, et les couleurs, cette fois, ce sont les tiennes. »

Au matin du premier janvier, je décroche le téléphone. Je souhaite : « Bonne année ! » Je dis aussi : « Merci ! – Non, supplie Florent, pas merci, surtout pas merci. » Il y a un silence très plein. Il interroge : « Vous êtes bien ? » Sa voix est anxieuse. Je réponds : « Oui. » Il ne me demande pas quand je reviens. J'ai l'impression de l'avoir près de moi.

Pour un enfant, le premier janvier, c'est important. Plus rien n'est tout à fait pareil à hier puisque le pont est franchi de l'année dernière à celle-ci. L'enfant ne se retourne pas. Il attend, avec espoir, avec confiance, les changements inévitables, les couleurs nouvelles, les sensations neuves et le bonheur qui lui est dû.

On ne lit pas encore l'espoir le long des chemins que nous suivons, mon père et moi. La neige a fondu, les champs sont nus. Tout ruisselle dans la forêt où les cris des corbeaux semblent emprisonner l'hiver.

« Tes cheveux ? demande mon père. Il faudra combien de temps pour que la peinturlure s'en aille ?

– Retire un centimètre par mois. »

Il mesure du regard : « Alors, c'est pour le printemps ! Cela tombe bien. Ecoute un peu, ma fille.

Dans la vie, il y a des moments où les choses s'enchaînent bien. On ne sait pas pourquoi, tout à coup c'est comme ça : " tout colle ", comme vous dites. Sache que ce n'est pas un hasard. C'est un signe. Un bon signe. C'est bon signe que tes cheveux, ça colle avec le printemps ! »

Une petite phrase de plus !

Déjà quinze jours que les enfants, petits et grands, ont quitté Chanterelle. J'ai envoyé le chèque pour mon loyer. Qu'irais-je faire à Paris ?

Tous les matins, à huit heures, jamais plus tard, mon père et Pierrot viennent m'avertir que le café est prêt, les tartines sur l'assiette et qu'il fait chaud à la cuisine. Pas question de flâner au lit. Pourtant, il n'y a pas grand-chose à faire dans le jardin, ni même du côté des moutons, à présent que l'histoire du piétin est réglée. On a bien gratté avec la rénette, nettoyé et badigeonné de produit. Mais c'est le grenier à ranger, les tommettes de la grande pièce qu'il faut cirer d'urgence, le tri des échalotes, une petite pièce à peindre.

« Gare à la rouille, explique mon père. Les gens, ça rouille comme le reste. Tu laisses un coin se prendre et toute la carcasse suit. La retraite, qu'est-ce que c'est, sinon la permission officielle de rouiller ? »

Aujourd'hui, 20 janvier, nous sommes allés nous promener du côté d'un terrain que, naguère, ils avaient acheté ma mère et lui, espérant qu'un de leurs enfants y construirait une maison.

Mon frère et ma sœur sont aux Etats-Unis. Mon frère y a trouvé sa situation, ma sœur s'est éprise de l'un de ses amis. Je ne construirai jamais sur ce terrain : j'ai Chanterelle.

Je passe entre les deux fils de fer que mon père tient écartés pour moi. Il y a près d'un hectare. Ces moutons rassemblés, ce sont ceux du père Fleutry à qui le terrain est prêté contre un coup de main de temps en temps.

« Sais-tu qu'il voudrait me l'acheter ? Il me tanne, il me tanne... je finirai par céder. »

Il ne me regarde pas en disant cela. Il fixe le vieux pommier tordu qui, là-bas, marque la limite.

Je m'étonne : « Tu vendrais ce terrain ?

— Pourquoi pas ? A des Parisiens, jamais, bien sûr ! Mais le père Fleutry, qu'est-ce que ça fera comme différence ? C'est comme s'il l'avait déjà en somme. »

Et un jour, c'est après le déjeuner, il s'est endormi, les lunettes sur le bout du nez et, entre les doigts, le gros carnet noir où il note tout, le carnet glisse à terre et il s'en échappe une photo.

J'y ai dix ans et je lui tiens la main. Il est jeune encore. Pour moi, rien n'est commencé : tout est « ouvert » comme on dit.

Ouvrant le carnet pour y remettre la photo, j'y vois des chiffres. Je ne peux m'empêcher de les lire : « engrais, vétérinaire, médicaments. » Et puis « vaccins, salades, dinde, essence ». Et je me souviens de mes comptes à moi : « loyer », bien sûr, « gaz et électricité », mais aussi « teinturier, coiffeur, produits de beauté ». Pour vivre, mon père n'a que sa retraite; sur ses pages, ce sont les chiffres de l'indispensable.

Tout au bout du carnet, une somme est inscrite en haut de la page; très conséquente, celle-là, et rien n'est noté à côté. Est-ce la somme que le père Fleutry lui a proposée pour le terrain ?

Je referme le carnet. Je demandais à Bertrand Sainteville de me « voir ». Je ne « voyais » pas mon père. Il demeurait pour moi celui de la photo. Sur son visage livré, je lis pour la première fois toute l'étendue de sa fatigue. Je lis qu'un jour il n'aura plus la force de soigner ses moutons, plus celle de se pencher sur ses fleurs. Et puis, un peu plus tard, il lui faudra un bras pour aller jusqu'à la forêt. Et puis... Je lis qu'un jour il aura besoin de quelqu'un pour s'occuper de lui. Tout près, vraiment près, il ne lui reste que moi.

La pendule égrène le temps et le sol sent bon la cire. Il y a toujours ces légers craquements du côté des meubles, comme une respiration. Rien n'a bougé à Chanterelle; sauf lui, et c'est déchirant! Comme il m'a bien donné le change! Il m'a fait croire qu'il serait éternel et je suis restée enfant. « C'est drôle, a dit Mathilde, ici, tu es ma sœur. » J'ai continué à m'appuyer sur lui sans voir que son épaule fléchissait. Si je n'avais ramassé ce carnet...

Toutes les petites phrases prononcées au cours de nos promenades me paraissent soudain limpides. Il ne veut pas me pousser hors d'ici mais il essaie de me donner l'élan. Il sait, lui, qu'un jour il ne sera plus là. Dans le carnet, à côté du prix du terrain, c'est mon nom qu'il s'apprête à inscrire.

Je pose le carnet sur la table, devant lui. Tout est confus en moi. Il y a la honte, l'angoisse, la peur aussi; à nouveau, la peur! C'est le dernier refuge qui croule.

Un soir, sur mon agenda, Florent a inscrit un numéro. Je lui disais, je m'en souviens : « Décidément, il n'y a pas plus têtu que vous. » C'est que la tendresse est têtue : elle se met à votre place et s'efforce de voir loin pour vous.

Je forme le numéro après avoir transporté l'appareil le plus loin possible du canapé.

« Ici, " Recommencer " », dit une voix de femme.

Et d'un coup la paix se rompt et se dresse devant moi un paysage de murs gris, de hâte, d'effort : ce que j'ai fui. Je lutte contre l'envie intense de raccrocher.

« Je vous écoute, dit la voix. Vous pouvez parler... »

Je ne peux pas. Mon père a ouvert les yeux. Il cherche ses lunettes, son carnet. Il tâtonne. En les retrouvant tous les deux il semble soulagé. Il me cherche à présent et, me voyant au téléphone, il se refait un visage et sourit.

Je dis : « Je voudrais venir vous voir. C'est urgent !

– Mais certainement, répond la voix. Puis-je vous poser quelques questions ? »

LA LUMIÈRE

26

C'ÉTAIT tôt dans la matinée. Devant moi, se dressait un haut bâtiment entièrement percé de fenêtres : un de ces bâtiments modernes sans voix, sans âme. Je pénétrai dans le hall. Tout de suite, une femme se dirigea vers moi; elle devait avoir une cinquantaine d'années; elle souriait.

« Vous venez suivre le stage de " Recommencer " ? »

J'acquiesçai.

« Pouvez-vous attendre un moment? demanda-t-elle. Il manque encore quelques personnes. »

Une douzaine de femmes se trouvaient déjà là. Je les rejoignis. Elles ne se regardaient pas; toutes fixaient les trois portes ouvertes sur la rue et par lesquelles, me sembla-t-il, d'autres femmes ne cessaient d'affluer.

La plupart avaient mon âge. Elles étaient vêtues de façon terne, sans fantaisie, comme moi. Avais-je ce même visage tendu ?

Mal à l'aise, je m'appuyai à une colonne. Dans quoi étais-je en train de m'engager? Où ce stage me mènerait-il? Je n'avais jamais vraiment souhaité venir là : Florent m'avait forcé la main.

Une peur confuse m'envahissait maintenant. A petits pas, je m'éloignai des autres, me dirigeant vers le bout du hall. Les femmes étaient de plus en plus nombreuses; peut-être m'oublierait-on!

Une main se posa sur mon épaule. Un regard chercha le mien : « Nous y allons? »

Nous étions vingt-trois, rassemblées dans une salle de classe à trois fenêtres qui donnaient sur des arbres, assises derrière des bureaux disposés en U, regardant une estrade sur laquelle se trouvait une table devant un tableau noir.

Une femme entra. Elle avait un regard clair et des cheveux très blonds. Elle se présenta : Brigitte, la directrice du Centre.

« Sachez avant tout, dit-elle, que ce lieu est le vôtre, et que désormais vous n'êtes plus seules. »

Elle nous parla durant plus d'une heure. Je ne peux répéter tout ce qu'elle nous dit, mais je me souviens que, pour commencer, elle fit notre portrait : aucune de nous n'était vraiment jeune, beaucoup n'avaient jamais travaillé ou c'était il y a longtemps, toutes nous nous trouvions aujourd'hui dans une position difficile et avions le désir ou le besoin urgent de gagner notre vie, et la plupart s'en sentaient incapables.

Je me souviens aussi du silence qui régnait dans notre groupe, de la qualité de ce silence et de tous ces visages tendus qui semblaient à la fois le sécréter et le retenir. Ce silence suspendu venait d'une rencontre : les paroles de Brigitte et ce que nous avions vécu. Vous avez été perdue, égarée dans un brouillard, loin de la grand-route; les autres passaient comme si de rien n'était; et voici que quelqu'un s'arrête; il vient à vous et vous explique avec précision où vous êtes et ce qui vous est arrivé!

« Devant vous, expliqua Brigitte, cinq semaines! Cinq semaines pour penser à vous, pour vous occuper de vous. Non pas pour ressasser vos problèmes, mais pour les voir clairement et les dépasser, ensemble. Cinq semaines pour découvrir qui vous êtes et ce que vous êtes capables de faire, car toutes, nous sommes capables de faire bien quelque chose et de recevoir un salaire en échange. »

Elle nous décrivit le déroulement des vingt-cinq demi-journées qui nous attendaient. Devant les fenêtres, un arbre étendait ses branches. Cela pouvait apparaître comme les barreaux d'une prison, mais mon père aurait dit que bientôt y pointeraient des bourgeons, puis les feuilles, la gloire, et que rien ne pouvait empêcher cela. Lorsque Brigitte s'interrompait, on entendait sur l'avenue le grondement de la circulation.

Ma voisine fixait ses mains; elle était parmi les plus jeunes : une trentaine d'années : une frange brune descendait jusqu'à ses lunettes aux verres teintés, ses lèvres étaient extrêmement serrées, ses doigts aussi, sur le crayon qu'elle n'utilisait pas.

Brigitte conclut par une histoire.

« Un jour, une femme grimpa au sommet d'une montagne pour rendre visite à un ermite que l'on disait très sage. Cette femme succombait sous le poids de la vie et se sentait perdue. « Tu as bien fait de venir, dit l'ermite, je t'aiderai. Mais je ne porterai pas ton poids, je fortifierai tes épaules. »

« Recommencer », c'était cela!

L'animatrice chargée de notre groupe, Geneviève, avait de beaux cheveux gris coupés court, un visage doux, l'air volontaire.

« Nous allons faire connaissance », déclara-t-elle après que Brigitte nous eut quittées.

Elle nous demanda d'écrire notre prénom en gros caractères sur une feuille de papier : nous le placerions devant nous afin que toutes puissent le lire. Lorsque ce fut fait, elle étala des photos sur nos tables.

« Que chacune, dit-elle, choisisse celle qu'elle préfère. »

Ces photos représentaient la vie. Il y avait la nature, les villes, des foules, des êtres solitaires, des visages joyeux ou tendus, des mains qui se cherchaient; toute la vie avec sa douceur, sa violence.

« A présent, dit Geneviève, lorsque nous eûmes regagné notre place, vous allez chacune à votre tour parler de la photo que vous avez choisie. Si vous le pouvez, vous essaierez d'établir la relation entre celle-ci et votre présence ici. Qui veut commencer? »

Le silence tomba. Mon cœur battait : s'exprimer à voix haute, devant ces inconnues? Impossible!

« Elisabeth? »

Une femme assez forte, au visage sans grâce, dont les cheveux portaient des restes de décoloration, levait timidement la main.

« Vous nous montrez votre photo? » demanda Geneviève.

Il s'agissait d'un portrait : celui d'une jeune femme à l'air sombre qui regardait devant elle on ne savait qui, on ne savait quoi.

« J'ai pensé que c'était nous, dit-elle d'une voix tremblante. Nous aujourd'hui... sauf qu'elle est bien plus jeune et que la jeunesse... »

Ses mains se crispèrent sur la photo et elle baissa la tête : les racines grises de ses cheveux apparurent.

« En venant ici, reprit-elle d'une voix sourde, nous avons fait un premier pas. Vers l'espoir. Parce qu'il FAUT qu'il y ait un espoir. »

Cette boule dans ma gorge, je la sentais dans celle de toutes les femmes présentes. Près de moi, la femme brune à la frange gardait la tête baissée; elle avait écrit son prénom en très petit sur sa feuille : Camille.

« Je pense en effet, dit Geneviève, que l'espoir est bien là. »

Elisabeth releva son visage. Son regard passa sur nous, puis revint à notre animatrice.

« Mon mari est mort il y a deux mois, dit-elle avec une grande difficulté. J'ai une fille et un garçon... »

Elle s'interrompit : « Mais un jour, eux aussi s'en iront, et alors...

— En attendant, dit Geneviève, fermement, vous, au moins, vous avez un but : travailler pour vos enfants ! »

Sur la photo que leva Monique, il y avait un enchevêtrement de rails. Monique avait des cheveux frisés, de petites lunettes, un visage sec, un teint pâle, et elle semblait très fatiguée.

« Ces rails, dit-elle d'une voix brève, représentent la vie avec toutes ses possibilités. Il y en a trop. On ne sait plus. On prend n'importe lesquels et, finalement, on n'arrive jamais là où on voulait aller.

— Et on déraille, fit une voix.

— Et on déraille », répéta Monique.

Elle leva une seconde photo : un visage masqué.

« Ça, c'est moi devant les rails. »

Il y eut un silence. C'était de ces mots que beaucoup n'osent plus prononcer et que l'on appelle des « lieux communs »; dans la bouche de Monique ils reprenaient vie; elle les réinventait et ils nous frappaient au cœur.

« Rails, remarqua Geneviève, cela veut dire aussi " aiguillages ", n'est-ce pas ? Peut-être êtes-vous venue ici pour étudier ces aiguillages ? Ne pensez-vous pas que, parmi eux, certains vous mèneront là où vous désirez aller ?

— Peut-être, dit Monique. On verra. »

Adrienne avait choisi deux photos : celle d'un couple de clochards et celle d'un étudiant face à un policier. « La vie, c'est comme ça, dit-elle, barrée, même pour la jeunesse. » Elle parlait très bas et avait du mal à trouver ses mots. Elle avait quitté l'école à douze ans, et depuis n'avait fait que des ménages. « Je veux lâcher les gamelles et les torchons. Marre! Marre! »

Armelle portait un collier de perles et était vêtue avec élégance. Elle tint longtemps levée au-dessus de sa tête la photo d'un feu d'artifice.

« Mon mari a perdu sa situation il y a six mois. Il a plus de cinquante ans et, à cet âge-là, pour retrouver... »

Elle n'avait jamais travaillé à l'extérieur; elle sentait en elle des feux d'artifice possibles et espérait de «Recommencer » l'étincelle qui les ferait partir.

Tandis qu'Armelle parlait, Adrienne la regardait et nous regardions Adrienne.

On entendit des rires, les premiers, quand Céline brandit la photo d'un gratte-ciel. « Je veux acquérir les bases pour construire ça! » Céline était sûrement la plus âgée d'entre nous. Son mari, malade, se torturait à l'idée de ce qu'elle deviendrait après lui. « Alors je me suis dit : " ma vieille, il serait temps que tu t'y mettes! " Quand je dis " ma vieille ", je ne le pense pas. »

Elle faisait, paraît-il, de la planche à voile chaque dimanche; trente minutes sans tomber... Nous pouvions venir la chronométrer... Mais je n'écoutais plus. J'avais peur. Mon tour était proche; j'essayais de préparer des phrases.

« Camille? » interrogea Geneviève.

Les yeux fixés sur sa photo qu'elle avait tournée à l'envers, la jeune femme secoua négativement la tête : elle ne désirait pas parler. « Montrez-nous quand même votre photo », dit Geneviève. C'était celle d'un arbre foudroyé.

J'avais choisi deux mains. Elles apparaissaient dans l'obscurité, très blanches, tendues l'une vers l'autre : les doigts se touchaient presque : ils allaient se toucher.

« Pour moi, dis-je, ces mains représentent un couple. Deux êtres qui vont se trouver et ne se sépareront plus. »

De toutes les belles phrases que j'avais préparées, la plus banale était venue; mais c'était encore plus difficile que ce que j'avais imaginé. Je me rendais seulement compte qu'en montrant cette photo je me dévoilais et j'avais honte.

« Je pense, dis-je au bout d'un moment, je pense vraiment que l'on n'est pas fait pour vivre seule. »

Le visage de Camille, une seconde, se leva vers le mien : ses lèvres tremblaient; j'eus l'impression qu'elle allait dire quelque chose. Mais non.

« Tout à l'heure, repris-je, j'ai failli m'en aller. J'avais une peur de tous les diables. »

En disant cela, je compris que je resterais, maintenant, que je reviendrais demain et les autres jours : cette peur-là, au moins, était derrière moi.

Puis Cathy parla, et Aude, et Antoinette. Une ouvrière, une bourgeoise, une commerçante. Il était déjà cinq heures et il fallait partir. Je dis « déjà », pourtant, je me sentais brisée comme après une épreuve de force.

C'est ainsi que se passa cette première journée à « Recommencer ».

27

Sur nos bureaux, il y avait des classeurs, des crayons de toutes couleurs. Sur celui de Geneviève, de belles craies blanches. Durant les deux premières semaines de stage, nous allions consacrer la majeure partie de notre temps à des exercices : grammaire, logique, arithmétique, expression orale : une gymnastique intensive pour réveiller notre cerveau, nous amener à repérer ce pour quoi nous étions le plus douées et nous aider, plus tard, à faire notre choix.

Mais la rouille! Soudain, l'arrêt, le vide, l'incapacité de réfléchir plus avant et alors la panique : « Je n'y arriverai jamais! » Depuis combien d'années, les yeux fixés sur un texte ou un problème, n'avions-nous lutté avec des mots, des chiffres, n'avions-nous fait l'effort de chercher, chercher plus loin, au fond de nous, la solution?

Je regardais ces têtes penchées, ces lèvres serrées par l'application. L'école! Nous avions quinze ans, c'était merveilleux et nous ne nous en doutions pas. Nos quinze ans ne reviendraient plus comme on dit, c'était déchirant, mais voici que de cette déchirure, jour après jour, naissait quelque chose de neuf : une lumière; on la voyait sur le visage d'Adrienne; et on entendait retentir le rire de Monique; et Céline cria un jour si fort : « Ça y est! » que toute la classe sursauta. La classe...

Il y avait aussi Camille, dont nous n'avions toujours pas entendu la voix. Vêtue du même pantalon, du même pull à col roulé, elle venait chaque matin s'asseoir à mon côté. Médiocres en français, ses résultats s'avéraient plutôt bons en arithmétique. Je lui avais offert une grammaire. Elle ne me remercia pas mais inscrivit aussitôt son nom sur la couverture : Camille Barbot. Elle écrivit aussi ces mots étranges : « Royaume de la femme. » Que signifiaient-ils ?

Chaque jour, avant de commencer le travail, se déroulait l'« heure d'écoute », ce moment précieux entre tous où nous faisions le point et apprenions à nous mieux connaître.

Un sujet d'ordre général était adopté, autour duquel tour à tour chacune s'exprimait; très vite, les problèmes personnels se faisaient jour; alors, Geneviève avait ce geste ample des mains qui nous invitait à élargir le débat; à la fois nous apprenions à nous mieux connaître et à sortir de nous.

L'hiver s'éloignait. Le matin, quand j'ouvrais les yeux, le jour était derrière les volets. Des hommes retournaient la terre sur les plates-bandes du Champ-de-Mars.

Ce matin-là, durant l'heure d'écoute, nous devions discuter d'un poème ou texte de notre choix. Tout de suite, Cathy leva la main.

« J'ai choisi Verlaine », dit-elle.

Elle nous récita le poème : « *Le ciel est par-dessus le toit, si bleu, si calme.* » Elle le connaissait par cœur et mettait le ton. Lorsqu'elle en prononça les derniers vers : « *Oh! toi, toi que voilà, dis, qu'as-tu fait de ta jeunesse* », ses yeux s'emplirent de larmes.

Bien que le poème fût très connu, certaines l'entendaient pour la première fois, et je me souviens du visage chaviré d'Adrienne : Adrienne-les-clochards.

« On l'avait appris à l'école quand j'avais quinze ans, expliqua Cathy. Tout de suite, il m'avait frappée; comme si je prévoyais... »

Elle s'interrompit et, lorsqu'elle reprit, ce fut d'une voix à peine perceptible.

« Pendant vingt ans, je me le suis répété tous les jours, dans la cuisine, en regardant de l'autre côté de la fenêtre. Ce poème à la fois me poussait et me faisait mal. Je ne pouvais jamais dire la fin sans pleurer : " *Oh ! toi, toi que voilà, dis, qu'as-tu fait de ta jeunesse ?* " En somme, cela a été le détonateur.

– A mon avis, dit d'une voix enrouée Céline-le-gratte-ciel, eh bien, Verlaine, il doit se retourner dans sa tombe !... de plaisir. »

Des rires fusèrent.

« Il m'arrivait, reprit Cathy sans sourire, de regarder les petites annonces et d'aller me présenter, comme ça, au hasard, sans savoir, sans pouvoir. La catastrophe, évidemment ! Et son mari qui rentrait le soir : " Ça va ? " Et moi : " Ça va ? »"

– Le travail à la maison vous pesait donc tant ? interrogea Geneviève.

– Trois enfants coup sur coup, dit Cathy, et seulement deux pièces avec des cloisons en papier. Alors, je pensais à avant et je regrettais tellement.

– On se sacrifie pendant vingt ans, lança Odile violemment, et un beau jour on s'aperçoit qu'on n'a plus besoin de vous : bonne à mettre au rebut.

– Se sacrifier, releva Geneviève, n'est-ce pas là un terme un peu fort ?

– C'est qu'on se sent si coupable lorsqu'on n'est pas à la maison, soupira Armelle : Armelle-le-feu-d'artifice.

– Coupable de ne pas se sacrifier aux siens, c'est cela ? dit notre animatrice. N'avons-nous pas le droit d'avoir nous aussi des goûts, des désirs ?

– Moi, je travaillais dans un bureau, intervint

Monique, Monique-les-rails, d'une voix frémissante. Quand le travail était fini, au galop jusqu'à la maison ! Le matin, même corrida dans l'autre sens. Finalement, je n'étais bien nulle part.

– Et voilà, conclut Elisabeth avec un rire : la femme qui travaille au-dehors ne pense qu'à rentrer chez elle et celle qui reste chez elle ne rêve qu'à en sortir. Une situation sans issue.

– Croyez-vous ? » demanda Geneviève.

Chez des amis, un soir de décembre, nous avions parlé du travail féminin. Pour ou contre ? Ce soir-là, je n'avais pensé qu'à moi qui n'avais pas le choix. Ce choix, certaines femmes ici l'avaient, d'autres non ! Monique, non ! Céline, non ! Cathy avait le choix, mais, quand elle regardait le ciel par la fenêtre de sa cuisine, les larmes lui montaient aux yeux. Il y avait aussi un choix de ciel.

J'ai regardé, derrière les vitres, les branches tendues. On entendait, tout près, le grondement de l'avenue. Les nuages paraissaient posés sur les toits. A la maison, j'aurais tiré les voilages, allumé la lampe, ouvert la radio, pris un livre; ou bien j'aurais fait un gâteau.

Le ciel tremblait un peu dans mes yeux : c'était fini, les rideaux tirés.

Mon regard est revenu dans la salle où, épaules à épaules devant le tableau noir couvert de figures barbares, nous nous préparions à nous lancer dans ce qu'on appelle la vie. J'aurais pu ne pas connaître ces femmes; j'aurais ignoré Camille, Céline, Elisabeth et toutes ces autres aussi, si différentes et si semblables qui, depuis des années, se réunissaient là, conjuguant l'effort, le courage et parfois les larmes.

J'ai respiré l'odeur de cette salle. J'ai fermé les yeux : ces moments se sont gravés en moi.

28

« Si nous discutions de nos noms ? propose Geneviève. Que pensez-vous du vôtre ? Etes-vous heureuse de le porter ? Connaissez-vous son origine ? »

Paulette lève la main : Paulette-l'arbre, la nature.

« Mon nom, c'est Cassegrain, annonce-t-elle. Je veux dire : celui de jeune fille ! Parce que l'autre, c'est rien. »

Un rire court; elle a dit cela avec une certaine bonne humeur.

« Eh bien, madame Rien, demande Geneviève avec un grand sourire, qu'avez-vous à nous apprendre sur Mlle Cassegrain ?

– Il paraît que dans le temps on avait un moulin dans la famille, explique-t-elle. Il paraît que de père en fils on s'occupait de grain. Alors, moi, j'ai commencé à penser à tout ça et parfois voilà des ailes qui se mettent à tourner en moi et j'ai envie de tout bazarder. »

Elle s'interrompt. Geneviève attend.

« Ça ne veut pas dire que je n'aime pas mon mari, reprend Paulette au bout d'un moment, mais Martin c'est moins joli, ça ne veut rien dire et, à la campagne, il s'ennuie.

– Pourquoi les femmes doivent-elles prendre obligatoirement le nom de leur mari ? intervient Monique.

– C'est vrai, pourquoi ? enchaîne Adrienne.
– Claudine ? interroge Geneviève.
– J'ai aimé prendre le nom de mon mari, dis-je. Je me souviens qu'au début je n'arrêtais pas de le répéter et j'ai essayé des dizaines de signatures. Le porter faisait partie de mon bonheur. »

Le silence tombe. Je n'ai rien à ajouter. Geneviève se tourne vers Céline, qui lève les deux mains.

Notre adepte de planche à voile montre, écrit en gros, en rouge, sur le papier devant elle, son nom de femme mariée : Bouvard ! Bouvard vient de Bouvier, Bouvier de bœuf, et le tout arrive droit de Normandie, du marché aux bestiaux. Et il ne lui a pas déplu que son fiancé ait les épaules et le bagou d'un maquignon !

Chacune, maintenant, veut parler. Nous apprenons qu'Armelle s'appelle Pelletier et qu'à l'origine les Pelletier étaient des marchands de pelisses. Dans Perrier, il y a poire, nous révèle Antoinette. Véronique avoue en rougissant que chez elle on l'appelle « Miette » parce qu'elle a la phobie des miettes et ne marche que l'aspirateur à la main. Depuis qu'elle est à « Recommencer », elle souffre le martyre en rentrant et voyant l'état de sa moquette.

« Et Camille, dit Geneviève, je parie qu'elle nous vient de Bourgogne ! »

Camille lève brusquement la tête. Le silence, soudain, est total. Elle regarde notre animatrice avec défi, comme si elle craignait un piège et voulait montrer qu'elle n'est pas dupe.

« Je me trompe ? insiste Geneviève.
– Comment le savez-vous ? » murmure Camille.

C'est la première fois que nous entendons sa voix ; elle est rauque, voilée. Dans le sourire de Geneviève, on sent la joie.

« Des Barbot, dit-elle, il y en a beaucoup, là-bas ! Je peux vous le dire : mes parents en sont.

— Et de quel coin exactement ? interroge Camille, avec méfiance. De quel coin ils sont, vos parents ? »

Cet accent, c'est bien l'accent bourguignon : des « r » épais, roulés.

« Ils sont de Semur, répond Geneviève (et voici qu'elle aussi roule les r). Juste à côté du lac de Pont, je ne sais pas si vous voyez ? On l'a vidé il y a cinq ans et on en a tiré une carpe comme ça. Tous les journaux en ont parlé. »

Le regard de Camille passe sur nous. Elle hésite.

« J'ai vu la carpe, dit-elle. Je suis de Guillon, tout près du lac. »

Deux semaines déjà ! Plus que trois. Mars approche. L'air transporte des messages annonciateurs de printemps. Lorsque les branches de l'arbre, de l'autre côté de la fenêtre de cette classe, se couvriront de bourgeons, nous ne serons plus là pour les admirer.

Chaque matin, j'arrive un peu plus tôt, et l'après-midi, je compte les heures. J'ai aimé rester chez moi; je ne me suis jamais, comme Cathy, sentie en prison, mais je me sens, de façon irrésistible, tirée en avant. Cela n'empêche pas la peur; il arrive que la tentation revienne de m'enfermer, et pour le froid, pour le vide et la solitude, ce n'est pas fini, ô mon Dieu ! mais au bout du tunnel où je croyais être perdue à vie, je perçois quelque chose, ou quelqu'un, moi peut-être, vers qui j'ai envie d'aller comme vers la délivrance. Quelqu'un dont la poitrine se soulève de joie aux exercices résolus, dont la respiration s'élargit, qui voit s'entrouvrir une à une des portes, qui fait connaissance avec ce mot somptueux, le plus riche, le plus chaud : « ensemble ».

29

L'ÉCOLE est finie! Finie l'odeur de la craie, le cahier neuf, ce cocon où nous avons appris à nous mieux connaître. Du « regard sur soi », il faut passer au « regard sur le monde du travail »; c'est la seconde partie du stage.

A partir de tests, nous allons définir notre profil; nous nous informerons sur les carrières et formations susceptibles de nous convenir; nous apprendrons à nous présenter à un employeur.

Et à nouveau l'angoisse est là. On n'entend plus retentir le rire de Céline, le regard d'Elizabeth est éteint; les yeux cachés sous ses lunettes, silencieuse, Camille serre son mouchoir dans sa main et Adrienne, Adrienne-les-clochards, fixe au tableau le nom barbare que Geneviève vient d'inscrire : « Curriculum vitae. Cours de la vie. »

Ce nom sera, paraît-il, la pièce maîtresse de notre dossier de chercheuse d'emploi. Mais si ce cours nous a menées ici, s'il nous a jetées sur ces bancs, n'est-ce pas justement que, plutôt qu'une référence, il va constituer un handicap?

« Avez-vous vu déjà naître un papillon? interroge Geneviève. Quand j'étais enfant, j'adorais ça : le déploiement des ailes surtout; elles sont froissées, humides; la pauvre bête s'accroche tant qu'elle peut à une branche; il faut qu'elle tienne jusqu'au moment où elle pourra les ouvrir, mais alors, quelle beauté ! »

Elle nous regarde, consciente de notre détresse.

« Beaucoup d'entre vous vivaient dans une sorte de chrysalide. Celle-ci se brise, c'est douloureux. Maintenant, il s'agit de tenir jusqu'au séchage d'ailes. »

Je fixe ma feuille : « Claudine Moreau, quarante-cinq ans, séparée, sans enfants à charge; études, qualification, expérience professionnelle : néant. » Tel se présente mon « cours de vie » : celui d'une femme que son mari a « fait vivre » durant vingt-cinq ans.

Le coude de Céline frappe le mien; elle me montre sa feuille presque vierge : « Vous avez de la chance ! Dix ans d'avance sur moi. Pour commencer, il était vraiment temps, vous ne croyez pas ? »

Devant nous, Charlotte : trente-cinq ans, trois enfants; une ancienne de « Recommencer » venue nous parler de son expérience. C'est une petite femme d'aspect fragile, soigneusement coiffée et maquillée, juchée sur talons hauts.

« Je peux vous le dire maintenant, les premiers jours de stage, ça a été atroce ! Je me disais : « Tu « n'arriveras jamais à rien ! » Mon fils avait mal aux jambes pour moi tellement je ne voulais pas venir. Et puis j'ai commencé à m'attacher aux gens. »

Les gens. Nous ! Celles qui nous ont précédées sur ces bancs. A nouveau, le regard d'Adrienne brille. Nous n'avons pas besoin de nous regarder pour sentir le lien.

« Les tests ont montré que la mécanique, ça me convenait, poursuit Charlotte. Je me suis inscrite à une formation d'ouvrier polyvalent du bâtiment. Il n'y a pas encore de féminin à ce métier-là. Sur le chantier, le premier matin, on était treize : douze messieurs et moi. J'avais un casque, un bleu et une gamelle comme tout le monde. Ils voulaient pas y croire. C'est comme ça que j'ai appris à construire une maison.

— Et après? demande Céline, avidement. Quand vous avez su? »

Le regard de Charlotte passe sur le mur où nous avons collé un échantillonnage de formations.

« Après? J'ai regardé les annonces. J'en vois une; on demande des ouvriers d'entretien. Je téléphone et j'annonce la couleur. « Une femme, dit l'autre, vous « blaguez ou quoi? » Je m'incruste. On me convoque rien que pour voir ma tête. Le type était là, un beau costume derrière son bureau et il s'étouffait de rire. Je me suis énervée : « Donnez-moi des pierres, du « sable, de la chaux et une truelle et vous verrez! » Il a fini par me passer une camionnette pour un jour d'essai; c'était parti pour l'installation de cuisines, et le collègue avec qui je travaille râle tout le temps : « Tu me fatigues à être si active. »

Charlotte repartie, nous ne savons que dire : c'est comme si elle avait tout emporté. A son bureau, Geneviève attend.

« Avouez que vous l'avez triée sur le volet, lance Monique. Le vrai conte de fées!

— Alors, ça veut dire que les contes de fées existent, dit notre animatrice, sans se démonter. Si on les veut de toutes ses forces. »

Une conseillère d'orientation, Claire, vient régulièrement nous parler. Nous apprenons à rédiger des lettres de candidature, nous épluchons des annonces; aucun test ne nous surprendra plus. Nous faisons aussi beaucoup de « jeux de rôles ». Claire joue le rôle de l'employeur; chacune à notre tour celui du postulant. C'est parfois très drôle. Le rire est de nouveau là. Ensuite, on commente, on critique : dans l'amitié et l'humour.

Demain, nous avons « journée libre » pour aller glaner le plus possible de documentation sur les formations.

« Quelqu'un a-t-il des nouvelles de Camille? » demande Geneviève.

Camille n'est pas venue depuis deux jours. J'apporte à notre animatrice la feuille que j'ai trouvée sur sa table, avant-hier : un brouillon de Curriculum vitae : « Camille Barbot, vingt-neuf ans, trois enfants à charge : six mois, deux ans, quatre ans. » A « Situation de famille », elle a mis : « éparpillée »; à « Etudes de qualification » : « néant ». Le tout est entouré d'un gros zéro.

Tandis que Geneviève silencieusement lit le « cours de vie » de Camille, nous regardons la place vide. Nous voyons la frange, les lunettes à verres teintés; nous entendons cette voix toujours un peu voilée qui, pour parler de sa région, d'un lac, d'une carpe exceptionnelle qu'on y avait pêchée, s'est un instant éclairée.

Geneviève plie la feuille et la glisse dans son classeur. Elle garde longtemps le silence.

« L'une de vous sait-elle où Camille habite? » demande-t-elle enfin.

Un à un les regards se tournent vers moi, près de qui la jeune femme s'asseyait toujours et qui lui ai offert un livre de grammaire.

Et alors je me souviens.

30

Le « Royaume de la femme » était un haut bâtiment donnant sur une place tranquille. Sur le fronton, on lisait : « Armée du Salut ». Je poussai la porte vitrée et m'arrêtai, incrédule. J'avais imaginé un endroit sinistre et gris; l'Armée du Salut évoquait pour moi ces gens sévères et étrangement vêtus que l'on voyait en train d'agiter des clochettes dans les films.

Ni laideur, ni grisaille, ni sévérité. Devant moi s'étendait un hall immense au plafond en verrière d'où pleuvait la lumière. Un peu partout des plantes vertes, des lampes de couleur apportaient une note de chaleur et de gaieté. Des groupes de femmes circulaient. Là-bas, au bout du hall, on en apercevait d'autres dans une salle à manger. Il fallait compter par centaines; et pourtant ce n'était pas la cohue, ni le bruit, c'était bien le refuge et la paix.

Je me dirigeai vers un bureau derrière lequel se tenait une femme en blouse blanche.

« Je cherche une amie, dis-je. Elle s'appelle Camille Barbot. »

La femme ouvrit le registre placé devant elle.

« Nous avons six cent cinquante chambres et nous ne pouvons connaître, hélas! toutes nos pensionnaires! Votre amie est entrée quand?

– Je ne peux vous dire exactement. C'est sans doute récent! »

Tandis que, du doigt, elle suivait les longues colonnes de noms, je me tournai vers le salon d'attente qui précédait le hall. La photo agrandie d'un paysage d'automne dorait tout un panneau. L'éclairage était intime. Dans un fauteuil de rotin une jeune fille travaillait. J'aurais voulu être à sa place, au début de ma vie, les autres tout près, aidée.

Le doigt de l'hôtesse s'arrêta.

« La voilà, dit-elle. Chambre cinq cent treize, au second étage. Je vous laisse y aller. »

Comme je traversais le hall, je passai devant une salle vide entourée de boiseries. Sur la porte, il était indiqué « Salle de culte ». Je m'arrêtai. J'avais entendu parler de l'austérité des lieux protestants et il n'y avait là, en effet, ni statues ni dorures, mais peut-être était-ce ce vide qui donnait toute leur force aux mots inscrits le long des murs : « Espère, Croie, Pardonne, Aime. » Ainsi, des gens existaient encore qui continuaient à vivre en fonction de tels ordres, tirés par eux : « Persévère, Résiste, Travaille, Prie. »

J'avançais maintenant le long de couloirs aux beaux planchers cirés sur lesquels donnaient des portes, chacune ornée d'un médaillon portant une inscription. Sur la porte de la chambre cinq cent treize, je lus : « Tu ne briseras point le roseau froissé. »

Je frappai. Mon cœur battait. J'en voulais à Geneviève. Pourquoi m'avoir demandé à moi de venir chercher Camille? Avais-je besoin d'ajouter à ma détresse cette autre détresse?

Je frappai en vain une seconde fois. Craignant qu'il ne soit arrivé quelque chose, à tout hasard, je tournai la poignée; la porte s'ouvrit.

La chambre était minuscule. Sur la table il y avait le classeur, le livre que j'avais donné à Camille et une quantité de feuilles couvertes de mots ou de chiffres. Sur le radiateur, ce chandail à col roulé que nous lui avions vu porter chaque jour, son mouchoir, son pantalon sur une chaise, ses lunettes sur la table de nuit. Aucun autre objet. Et elle, en boule sous la couverture, tournée du côté du mur.

Des femmes passèrent dans le couloir, discutant. Je refermai la porte. Camille ne faisait pas un mouvement. Machinalement, je cherchai des yeux un tube de médicament. Rien ! J'avais vu trop de films ! Je tirai la chaise et m'assis à côté du lit.

« Camille ! C'est Claudine... »

Elle ne répondit pas, mais se recroquevilla un peu plus.

« Tu es malade ? »

Le tutoiement m'était venu spontanément, comme vis-à-vis d'une enfant. Avec effort, elle se tourna vers moi ; ses yeux étaient cernés et son visage déjà marqué. Certaines femmes parvenaient à conserver très longtemps leur jeunesse ; elle n'avait pas trente ans et semblait l'avoir perdue à jamais.

« Pourquoi ne venais-tu plus au stage ?

— A quoi bon ? murmura-t-elle.

— Nous nous sommes inquiétées. »

Elle secoua négativement la tête et ferma les paupières : les larmes débordaient. Sa main tâtonna à la recherche de ses lunettes ; je les lui passai.

« Lorsqu'une manque, dis-je, cela ne va plus ; tout le monde le ressent. »

A nouveau, elle secoua la tête.

« Qu'est-ce que ça peut vous faire ?

— Nous sommes toutes sur le même bateau. Nous avons toutes besoin les unes des autres, c'est comme ça !

— Non, dit-elle, pas le même bateau. Moi, je n'ai rien ; je ne suis rien. Finalement, il avait raison ! »

Elle se retourna du côté du mur. « Il ? » Je tendis la main vers ses cheveux et les caressai. Peut-être cela faisait-il longtemps que personne n'avait eu ce geste pour elle. Rien ! Trois enfants, et se retrouver dans cette chambre, sur ce lit de jeune fille.

« Je ne sais plus quoi faire, sanglota-t-elle. Je ne sais vraiment plus quoi faire.

– J'ai besoin de toi », dis-je.

Elle me fit de nouveau face; il y avait une immense stupeur dans son regard; j'essuyai mes yeux et, de mon sac, sortis mon Curriculum vitae. Je le lui tendis.

« Moi aussi, rien. Zéro ! Le vide. Et aujourd'hui nous avons cette sacrée " journée libre "; et si je ne m'étais pas dit qu'on pourrait chercher ensemble, je serais restée dans mon lit comme toi. »

Elle a enfilé son pull-over encore humide, son pantalon et ses espadrilles; elle a fermé à clef la porte de cette chambre où il n'y avait à voler qu'un livre de grammaire et quelques feuilles d'exercices, et nous y sommes allées.

Nous avons commencé par la mairie. On y offrait aux adultes toutes sortes de cours gratuits. On nous y indiqua les universités qui proposaient des formations rémunérées. Nous nous retrouvâmes dans l'une d'elles, aux environs de Paris.

Le long de couloirs spacieux, des étudiants allaient et venaient, pressés, chargés de livres et de dossiers. Camille marchait tout contre moi, à la fois intimidée et tendue vers ce spectacle qu'elle semblait voir pour la première fois. « Apprendre tout en étant payée, crois-tu vraiment que c'est possible ? » Je l'affirmais. « Apprendre », ce mot semblait magique pour elle. Il le devenait pour moi.

« Osez, frappez à toutes les portes, lancez-vous », disait Geneviève. Cette jeune femme au bout de ma main, cette jeune femme qui me tirait, j'osai pour la première fois.

Un homme nous reçut. Il nous donna une liste des formations pour lesquelles le bachot n'était pas exigé : l'une d'entre elles semblait attirer plus particulièrement Camille : « Gestion-comptabilité. » Elle demanda davantage de renseignements. La formation durait une année scolaire; pour pouvoir s'y inscrire on devait obligatoirement passer par l'Agence pour l'emploi.

« On y va », décida-t-elle.

Comme dans l'Agence de mon quartier, il y avait des bureaux tout autour d'une grande salle éclairée au néon, un mur couvert d'affichettes, une machine à tickets et, sur des chaises, des rangées de gens à l'air las qui s'observaient les uns les autres.

Nous prîmes place parmi eux. Camille les regardait et serrait son mouchoir dans sa main.

« Il y a trois mois, lui racontai-je, je suis allée moi aussi à l'Agence pour l'emploi; et je serrais si fort les clefs de ma voiture dans mon poing que j'en ai gardé la marque jusqu'au lendemain. »

On lui donna les papiers à remplir pour s'inscrire en tant que « demandeur d'emploi »; elle prit rendez-vous avec la conseillère professionnelle et, pendant qu'elle y était, elle fit la demande d'aide publique.

Il était six heures lorsque nous nous installâmes dans l'arrière-salle d'un café. Nous n'étions pas très loin de chez moi mais je n'osai l'y emmener; je craignais que la vue de mon appartement ne l'éloigne de moi et peut-être, en effet, ne m'y aurait-elle pas parlé comme enfin elle le fit.

Jusqu'à vingt-trois ans, elle avait vécu en Bourgogne, dans la ferme de ses parents, près du lac de Pont où elle allait souvent se baigner. Un jour, un représentant était passé; il était beau parleur; cela faisait partie du métier. Elle l'avait épousé contre le gré de ses parents.

Là, elle s'interrompit. L'émotion était trop forte et la voix lui manquait. Je connaissais! Il l'avait traitée en paysanne inculte, en domestique, en esclave; elle n'avait pas le droit d'ouvrir la bouche. Lorsqu'il avait commencé à maltraiter les enfants, elle s'était enfuie avec eux, sans bagages, comme ça. Ses parents avaient accepté de prendre les petits; elle, non!

« Voilà », dit-elle.

Elle garda le silence un moment, tournée vers ce qu'elle avait vécu et, peut-être, vers ce qui l'attendait. Puis elle me regarda : mon tailleur, mon sac, mes bottes de cuir, ma bague, moi.

« Et toi?

– Je me suis mariée à vingt ans, j'ai eu deux enfants, j'étais heureuse; il y a six mois, mon mari a décidé de me quitter.

– Et tu vis où?

– Il m'a laissé notre appartement.

– Alors, tu as eu de la chance! Finalement, ça s'est plutôt bien passé.

– Tu as raison, dis-je. Finalement, oui. »

31

« Entrez », dit Claire.

Camille entre, son sac en bandoulière, ses lunettes sur le nez. Depuis quelques jours, il lui arrive de les retirer.

Elle s'approche du bureau où notre conseillère d'orientation, ostensiblement, fume une cigarette; très vite, elle dit :

« Bonjour, monsieur, je viens au sujet de l'annonce. »

Claire sourit : « Vous ne m'avez pas laissé le temps de vous prier de vous asseoir. »

Reprenant son air indifférent, elle désigne un siège.

« Voulez-vous prendre place, madame. Madame... ?

– Barbot, dit Camille. Camille Barbot. »

Elle s'empare de la chaise et l'approche du bureau; c'est tout juste si elle ne s'y accroche pas des deux mains.

« Pas si près, proteste Claire, vous allez épouvanter un pauvre homme très méfiant en ce qui concerne les femmes. »

Un rire court le long des tables, mi-joyeux, mi-ému.

« Je viens au sujet de l'annonce, reprend Camille, rougissante. J'ai pris rendez-vous hier.

– Vous avez apporté votre Curriculum vitae ? »

Sans répondre, notre compagne le sort de son sac.

Nous le sortons toutes en pensée de notre sac; nous sommes toutes Camille.

Claire parcourt la feuille.

« Je vois que vous venez de suivre une formation de gestion-comptabilité, dit-elle.

– Durant neuf mois, dit Camille, une formation intensive. J'ai pris cette décision à la suite d'un stage à « Recommencer ».

– « Recommencer? » demande Claire avec humour; qu'est-ce que c'est que ça?

– Une remise en train, dit Camille, d'un trait, un bilan de nos capacités. C'est là que j'ai découvert que pour les chiffres je n'avais personne à craindre.

– Hum! dit l'employeur. Si je comprends bien, vous n'aviez encore jamais travaillé jusqu'ici. D'où vient cette décision? »

Le silence est total dans la salle. Camille regarde ses mains. Elle relève la tête.

« Je suis seule pour élever mes trois enfants », dit-elle.

Sa voix a à peine fléchi.

« Je vois que ce sont des enfants très jeunes, reprend Claire-l'employeur en regardant le Curriculum vitae. Ne risquent-ils pas d'être un obstacle à votre vie professionnelle?

– Il n'y a pas de problème en ce qui les concerne, dit Camille fermement. Je me suis organisée. »

Sa main, machinalement, cherche le mouchoir dans la poche de la veste, y renonce.

« Et quand seriez-vous disponible? interroge l'employeur.

– Immédiatement », dit Camille, du tac au tac.

Nous avons toutes les yeux fixés sur ceux de Claire. Nous y lisons l'émotion et le respect.

« Pas d'autre question? » demande celle-ci.

Camille hésite; son regard cherche secours vers nous.

« Vous ne me parlez pas de vos prétentions? insiste notre animatrice.

– C'est que je n'ai pas grande idée, avoue Camille, les yeux au sol.

– Mon Dieu! s'exclame notre conseillère. Et ça se dit forte en math! Mais vous prenez votre employeur pour un saint? Un philanthrope? Si vous lui dites une chose pareille, il va miser au plus bas. »

Elle propose une fourchette de chiffres.

« Ça ira », dit Camille.

Elle nous regarde et, pour la première fois, sur son visage, on dirait un sourire. « Ça ira pour la période d'essai, ajoute-t-elle, parce que après... »

Cette fois le rire explose. On voudrait applaudir. C'était si beau lorsqu'elle disait : « Pas de problème pour les enfants. » Lorsqu'elle disait : « Libre immédiatement. » Nous avons entendu s'exprimer le courage.

« Et elle a été embauchée? » interroge Florent.

Je regarde la nuit de l'autre côté du carreau de la salle à manger.

« A l'essai. Nous avons passé tout l'entretien au crible. Tu sais ce que Claire nous a raconté? Une de ses stagiaires était si émue en allant se présenter qu'elle s'est retrouvée devant son employeur avec une chaussure noire et une chaussure bleue. Celui-ci s'en est étonné. « Je veux lancer la mode! » a-t-elle dit. Ça a plu. Voilà une fille à initiative! On l'a engagée ».

J'imagine la malheureuse s'apercevant de sa méprise, là, sous le nez de son employeur : une chaussure bleue, une chaussure noire... Pourquoi Florent me regarde-t-il ainsi, avec, mais oui, les larmes aux yeux.

« Je ne t'avais jamais entendue rire comme ça, murmure-t-il. C'est la première fois. »

Au salon, le feu est à demi éteint; tandis qu'il le ranime, il dit sans me regarder : « Je suis heureux que tu m'aies invité chez toi. »

La flamme monte. Je ferme les yeux; les paroles de Florent se mêlent à l'odeur du bois, font partie de mon plaisir. Une flambée, la préparation d'un dîner, cela veut à nouveau dire quelque chose.

« Et après? demande-t-il. Après Camille, c'est toi qui as participé au " jeu de rôles ".

— Après, cela a été Rachèle. Son mari ne l'a laissée s'inscrire au stage que contre la promesse qu'ensuite elle resterait à la maison; elle a joué le rôle de femme qui veut convaincre son époux de la laisser travailler. »

Florent sourit. Il va s'accouder à la cheminée.

« Mais, ma chérie, dit-il d'une voix qu'il force, travailler, pourquoi? N'avons-nous pas largement de quoi vivre? Est-ce que je ne te donne pas tout ce dont tu as besoin?

— Ce n'est pas ça, dis-je en reprenant les mots de Rachèle. Ce n'est pas uniquement une question d'argent...

— Vous, les femmes, vous vous montez la tête, déplore théâtralement Florent. Vous vous êtes fourré dans le crâne que vous vous ennuyez chez vous, et voilà!

— Chez soi, c'est un horizon un peu limité.

— Veux-tu que nous fassions un voyage? »

Je réprime un rire : « A condition qu'en revenant tu me laisses chercher un travail. »

Florent-le-mari-récalcitrant pousse un soupir à arracher le cœur.

« Tu ne m'aimes plus, dit-il. Avant, je te suffisais.

— Cela n'a rien à voir avec l'amour. Mais j'éprouve le besoin, comment dire? la nécessité, de faire autre chose en plus.

— Ah! ah! ricane Florent plus vrai que nature,

« autre chose »... Tu verras si c'est drôle : autre chose !

– Je sais que ce n'est pas drôle. Je sais que c'est dur.

– Alors, pourquoi ? »

Je regarde la cheminée, le feu. Il y avait toujours dans l'âtre deux bûches croisées comme la chance et, tout près, une boîte d'allumettes. Chaque soir, nous étions quatre à regarder les flammes monter.

« Quand je me retourne sur ma vie, dis-je à voix basse, j'ai l'impression de ne pas avoir fait grand-chose. Peut-être parce qu'aujourd'hui il ne reste pas grand-chose. »

Florent ne répond pas tout de suite. Il revient vers le canapé.

« Quand je regarde ta vie, dit-il avec douceur, je vois l'amour, le don de toi, la tendresse et la joie.

– Tout ça, oui, peut-être, mais en vase clos ! Et c'était aussi une façon de me protéger, de me cacher. Je me tenais en retrait de la vie. »

Florent pose sa main sur la mienne.

« La vie, c'est la lutte. Tu n'y échapperas pas. Cela te tente tellement ?

– Pas toujours, dis-je. Pas à tous les instants. Et j'ai vraiment tout fait pour y échapper. Mais, maintenant, je ne sais pas ce qui s'est passé, je ne peux plus faire autrement que d'y aller. C'est comme, devant moi, une lumière blessante mais si belle ! Et elle m'appelle. Je sens comme des ailes s'ouvrir. »

Florent passe son bras autour de mes épaules. J'appuie ma tête contre lui et il me serre, il me serre. Comme c'est solide, l'épaule d'un homme qui vit, lutte et aime dans cette lumière. Comme cela donne envie de fermer les yeux et de s'abandonner.

« Oh ! ma chérie », dit-il d'une voix que j'ai du mal à reconnaître : de bonheur et nostalgie, « tu t'envoles ! sans le savoir, tu t'es déjà envolée ! »

32

J'AVAIS allumé la lampe et je regardais ma chambre : sur la cheminée, les vases veinés de bleu, les photos, la pendule; devant la fenêtre, les lourds rideaux derrière lesquels se levait une nouvelle journée d'hiver. Cela faisait six mois!

Il y avait six mois, un après-midi de septembre, Julien m'avait dit : « C'est fini. » Il se tenait à cet endroit, malheureux, gêné, passant le doigt sur l'un de ces vases et je ne trouvais aucun mot pour me défendre; il n'aurait pas entendu ma voix. Avais-je été loin de lui, close dans ma chrysalide, pour ne m'être aperçue de rien? Comme j'avais bien dormi!

Julien! A voix haute, je prononçai son nom, sans bouger, comme si le moindre geste allait ouvrir les vannes à l'intolérable. Mais non! L'intolérable, c'était lorsque dans ma poitrine la place n'était pas encore vide, que le son de sa voix, l'odeur de son corps, la lumière d'un regard qui, pourtant, ne me voyait plus, l'occupaient tout entière et qu'un rien, me semblait-il, aurait suffi pour que tout reprenne comme avant; mieux qu'avant.

Il n'y avait plus dans ma poitrine qu'une souffrance sans remous, faite de vide et de regret, qui, un jour sans doute, s'atténuerait aussi. C'était vraiment fini.

Au courrier, je trouvai deux lettres : l'une venait

de Chanterelle. L'hiver y faisait long feu; à d'indicibles signes, des senteurs, des brises, de fugitives nuées, on sentait approcher le réveil et c'était fantastique toutes ces éclosions à venir ! Le ventre de Doucette était un monument. Pour tout autre que mon père il faisait mauvais l'approcher. Il comptait sur moi au moment de l'agnelage, quand bien même je fermerais les yeux aux moments difficiles.

L'autre lettre venait du tribunal. Mme Langsade, née Moreau, était convoquée au greffe des affaires matrimoniales, escalier S, cinquième étage, le 10 avril, quelques jours avant Pâques.

« Le 10 avril, c'est tout de suite, dit Gilles. C'est pourquoi j'ai jugé souhaitable que nous nous réunissions dès maintenant.

– Tu as très bien fait, enchaîne Julien. Je comptais te le demander. »

Gilles me regarde, mais je n'ai rien à dire.

« Je ne t'ai jamais caché, reprend-il, s'adressant cette fois seulement à mon mari, mon mari encore un peu, que ce n'était pas de gaieté de cœur que je m'occupais de votre divorce, et que si j'avais accepté c'était uniquement pour Claudine. Vous m'avez tous deux grandement facilité la tâche, je vous en remercie. »

D'un sourire, Julien aussi me remercie. Il porte ce qu'il appelle sa « tenue de vacances » : pantalon de gros velours, pull à col roulé et de drôles de chaussures lacées haut qui font penser à des chaussures de montagne. Nous ne nous sommes pas assis devant le bureau de Gilles mais sur le canapé, et Gilles est installé dans un fauteuil, en face de nous. Amis plus que clients. Le soleil pénètre dans le bureau; il n'est pas loin du cadre renfermant la photo de famille : une femme, deux petites filles près d'une piscine. Je voudrais qu'il éclaire ce cadre, qu'il fasse briller le bleu et les sourires; s'il l'atteint avant notre départ, tout ira bien.

« Il reste deux ou trois points que je souhaite préciser avec vous », déclare Gilles.

Il prend le dossier préparé sur la table basse et le feuillette. Entre la cuisse de Julien et la mienne il doit y avoir dix centimètres. Je n'ai pas mal. Le vertige, ce n'est pas douloureux. Mais dans ces dix centimètres séparant sa jambe de la mienne, séparant nos hanches, nos ventres, nos lèvres, il y a en creux, en abîme, tout ce qui a été si fort et n'est plus : il y a le clin d'œil de la mort.

« Je voudrais te rappeler, Claudine, commence Gilles, que durant une année tu vas continuer à bénéficier de la Sécurité sociale, mais qu'ensuite tu ne dois plus y compter.

– Je le sais, dis-je. Et j'espère bien avoir trouvé d'ici là un travail qui m'y donnera droit. »

Julien me regarde. Il ne fait aucun commentaire. Je lui ai appris que je ne travaillais plus chez Fabienne et que je suivais un stage de recyclage. C'est tout. Je n'ai pas envie d'en dire davantage. Je ne trouverais pas les mots justes.

« Tu dois savoir également, poursuit Gilles, que tu devras déclarer au fisc les sommes que te verse Julien; celles-ci sont imposables.

– Je l'ai appris tout récemment. »

Il me semble voir un éclair de plaisir dans le regard de mon ami.

« Si tu le désires, je t'aiderai à faire ta déclaration, propose Julien.

– Ça ne doit pas être tellement compliqué. Je devrais pouvoir m'en tirer. »

Cette fois, j'en suis sûre, Gilles a l'air content. Il se tourne vers Julien : « En ce qui concerne l'appartement, il serait temps que tu envoies une lettre recommandée à ton propriétaire, de façon que le bail soit mis au nom de Claudine. »

Julien acquiesce : « La lettre est prête.

– Alors ne l'envoie pas », dis-je.

D'un même mouvement, ils se sont tournés vers moi.

« J'ai l'intention de changer d'appartement. »

J'ai toujours su qu'un jour je prononcerais ces mots, que j'éprouverais cette déchirure et à nouveau, oui, ce vertige. Sans doute était-ce pour cela que je criais si fort mon intention de rester là ! Quitter le lieu où nous avions été deux, que nous avions peu à peu imprégné de notre histoire quotidienne et où j'avais imaginé vivre toujours à ses côtés, c'était m'avouer vaincue, accepter, céder. Ce n'est plus rien de tout cela.

« Il me semble que tu as raison, dit Julien d'une voix à nouveau empreinte de précaution. Tu verras que ce sera mieux pour toi. Il est souvent préférable de recommencer... à neuf. »

Il n'a quand même pas dit « à zéro » ! Je ne peux m'empêcher de sourire : des mots ! Des mots d'avocat ? Est-ce que ce sont ceux que Julien dit à ses clients en instance de divorce ?

« Je ne crois pas que l'on puisse jamais recommencer sa vie à neuf ou à zéro, dis-je. Je ne pense même pas qu'il soit souhaitable d'essayer. Si je veux déménager, c'est uniquement parce que mon loyer est trop cher. »

Julien me regarde comme ce jour, au restaurant, où par peur du silence et à défaut de crier « je t'aime », je prononçais des mots, n'importe lesquels. Il devait bien sentir, au fond, que ce n'étaient pas ceux de la vérité. Aujourd'hui, ils le sont et je les ai bien dits.

Une sorte de chaleur m'emplit. « Claudine Moreau, expression orale : très bien. » J'ignorais que je pouvais convaincre.

« Si tu tiens tellement à cet appartement, dit Julien en s'éclaircissant la voix, nous pourrions essayer de trouver une solution pour que tu puisses y rester; en en louant une partie peut-être. Il y a des étudiants... »

Je secoue la tête : « Non! Non, merci! »

Un jour, peut-être, celui où les dix centimètres de vertige seront comblés, je lui dirai pourquoi. Pas seulement « non » pour moi! « Non » aussi à cause de Camille, d'Elizabeth et des autres. « Non » à cause de ce mot gaspillé et que je découvre, pur avec des reflets de lame : la solidarité. Comment pourrais-je, sans honte, dépenser pour me loger, moi toute seule, plus que ce que mes amies, mes compagnes de route peuvent espérer gagner un jour?

« Où vas-tu aller? interroge Julien. Tu as quelque chose en vue?

– Je n'ai pas encore eu le temps de m'en occuper.

– Je pourrai t'aider, propose-t-il.

– Je te remercie, je préfère chercher moi-même. »

A-t-il senti que j'ai failli accepter? Le réflexe : le vieux oui de l'habitude, des décisions communes que je lui laissais prendre seul.

« Mais, j'aimerais que tu fasses le nécessaire auprès du propriétaire. Il faut certainement l'avertir.

– J'attendrai que tu aies trouvé, dit Julien avec chaleur. Je veux que tu puisses prendre ton temps. »

Mon temps. Alors, encore un printemps, peut-être? Je l'aimais tant, le printemps dans notre appartement! Les murs du salon étaient faits pour l'accueillir avec, en relief, des fruits et des fleurs comme dans les plus belles chansons. Tour à tour, le soleil les célébrait; puis les ors des glaces, le marbre de la cheminée. Lorsqu'il éclairait la dernière fenêtre, mais tendrement, mais en mourant, c'était signe que les miens n'allaient pas tarder à rentrer : les enfants d'abord, qui faisaient toujours un tour au salon avant de retirer leur manteau pour voir si j'étais là; et j'étais là! Puis Julien; et nous étions là tous les quatre! Je n'avais jamais entendu un monde hostile cogner au carreau, comme Charlotte; tout contre ces carreaux se balançait le feuillage des arbres. Je vivais à hauteur d'oiseau.

Gilles a refermé le dossier. Sans que je le remarque, le soleil avait dépassé la photo de famille. Nous nous reverrions le 10 maintenant. Il viendrait me chercher.

En nous accompagnant, il a posé la main sur mon épaule en un geste masculin que j'aime : d'amitié et de protection à la fois. J'y ai, une seconde, posé ma joue!

Près de la porte, sur la console, il y avait un casque de moto et une grosse paire de gants. Julien les a pris. Il m'a semblé que j'avais deviné lorsque je l'avais vu habillé ainsi, en vacances, en enfance.

« Eh oui, je me suis remis au deux roues!

– Elle va vite? a interrogé Gilles en riant.

– Plus que les limites. Du tonnerre! »

Tandis que nous descendions l'unique étage à pied, j'ai parlé à Julien de Camille.

« Elle est partie de chez elle avec ses trois gosses. Elle voudrait divorcer, mais elle n'a pas un sou. Peux-tu t'en occuper?

– Tu n'as qu'à me l'envoyer. »

Il m'a tendu son agenda pour que j'y inscrive le nom comme il le faisait autrefois. Je l'ai marqué à aujourd'hui. Oui, elle avait raison, Camille, ça se passait bien finalement, même si demain serait une page sans moi.

La grosse moto attachée au lampadaire, c'était la sienne, énorme et redoutable jouet neuf. J'ai murmuré : « Tu te souviens? » Je n'aurais pas dû, mais l'agenda, cette moto, d'un coup le passé remontait et, sans doute, longtemps encore, comme un drapeau usé, j'aurai besoin de le brandir sans plus y croire. Tu te souviens ? Tu roulais à moto lorsque je t'ai connu. Nous partions en promenade le dimanche et comme j'avais peur ! Comme je t'enserrais de mes bras, la tête appuyée à ton dos, les yeux fermés.

« Tu veux faire un tour ? »

J'ai montré ma jupe étroite : « Impossible avec ça !

— Si un jour ça te tente... »

J'ai passé la main sur le cuir épais de la selle. J'aime l'odeur du cuir; j'aime toutes les odeurs, au fond; mon père a raison; je dois aimer la vie.

« Je crois que, cette fois, je mourrais réellement de peur. Plus que les limites... J'ai passé l'âge.

— Il n'y a pas d'âge », a-t-il dit.

Il a mis son casque et enroulé une écharpe autour de son cou. Une touffe de cheveux gris dépassait, venait se poser sur l'écharpe. Du trottoir caressé de soleil montait l'odeur d'une ville qui s'achemine vers le printemps et l'âge n'existait plus en effet puisque ce printemps si proche me ramenait à mes quinze ans; quand, rayonnante, je me tenais au seuil de la vie.

Comme il enfilait ses gants, j'ai remarqué qu'il ne portait plus son alliance; mais si j'avais, de mes lèvres, effleuré son doigt, je suis sûre que j'en aurais senti la marque.

Je l'ai regardé partir. Elle faisait beaucoup de bruit, cette moto, et il y avait mille soleils dans ses chromes. Longtemps j'ai entendu son tonnerre, et moi je restais là, sans comprendre ce qui m'arrivait.

Dans la forêt de mon enfance un homme était venu me chercher. Les yeux fermés par le bonheur j'avais marché longtemps à ses côtés. L'homme s'éloignait et mes yeux grands ouverts découvraient un enfant aux cheveux gris qui tendait avidement son visage au vent; et, quelque part en moi, ne me demandez pas comment, la voix de la tendresse lui souhaitait bon voyage.

33

Ma fille en face de moi, les traits tirés et le sourire un peu forcé; Mathilde, volontairement déféminisée, morne « queue de cheval », vaste pull, jean effrangé, chaussures de basket.

J'ai préparé son plat préféré : des gnocchi! Des vrais : à partir d'une pâte à choux pétrie à la main, roulée en long bourrelet. Petite fille, c'était elle qui coupait la pâte en dés avant de jeter ceux-ci dans l'eau frissonnante; elle qui répandait en pluie le gruyère.

« Tu te souviens? bougonne-t-elle en regardant le plat juste sorti du four, la peau de léopard qui frémit encore. Eric me reprochait de prendre " tout le grillé ". Tu disais : " Quand on commence à compter les nouilles dans l'assiette du voisin, on finit par se tirer des coups de revolver lors des héritages. ".

– C'était ce qu'assurait ma mère. Tu le répéteras peut-être un jour toi-même à tes enfants. »

Elle ignore mon sourire, hausse les épaules.

« A propos d'enfant, annonce-t-elle, Nicolas s'est barré. Il me fait le chantage au mariage. »

Le ton est dégagé, mais ça sent l'angoisse. Je pense à Geneviève et me tais. J'attends.

« Le drame, c'est que je l'aime, ce salaud! Qu'est-ce que tu ferais?

– Je mangerais tranquillement mes gnocchi, dis-je. Cela me laisserait quelques minutes de plus pour prendre une décision. »

Elle me regarde et éclate de rire. Elle est arrivée sur ses gardes, se demandant dans quel état sa mère serait. Ça ne devait pas l'enchanter ce dîner auquel je l'avais conviée. Qu'est-ce que je pouvais bien lui mijoter. Eh bien, des gnocchi !

« Je peux manger dans le plat ? » demande-t-elle lorsque je suis servie.

Sans attendre ma réponse, elle repousse son assiette, tire le plat devant elle et commence avec la fourchette à décoller soigneusement le « grillé » collé autour; vingt-trois ans ? Ou dix...

« Est-ce qu'un enfant a des chances d'être heureux si sa mère ne lui fait jamais de gnocchi ? demande-t-elle sans lever le nez.

– Il y en a d'excellents dans le commerce, dis-je. C'est surtout une question de présentation. »

Le menton sur la main, elle m'observe.

« Tu le penses vraiment ? »

J'acquiesce : « Mais si on aime à cuisiner, alors, surtout ne pas se priver !

– C'est si triste, soupire-t-elle, un appartement sans odeurs. »

Le tour du plat est net; elle s'attaque au centre.

« J'étais tellement habituée à te trouver là en rentrant de classe... Je vais me sentir terriblement coupable si je ne rends pas la pareille à mes enfants.

– Certains enfants préfèrent voir leur mère travailler à l'extérieur; ils se sentent plus indépendants.

– Pas les tout-petits, rectifie Mathilde.

– Pas les tout-petits, non !

– C'est bien la peine de faire des mômes si c'est pour ne pas les suivre ! Je trouve ça dégueulasse d'être obligée de choisir : les enfants ou soi !

– On peut essayer de conjuguer les deux !

– Je ne veux pas passer ma vie à courir, dit ma fille sombrement. Je veux être disponible. J'ai besoin de voir des gens, moi, et, en plus, je ne pourrai jamais supporter d'être complètement entretenue par un bonhomme. »

Quelque part en moi une sourde irritation s'élève. Il y a un an, je l'aurais remise en place; j'aurais parlé de choix, d'altruisme, de sacrifice. Je ne peux plus. Je ne saurais plus.

« Tu penses que je suis une sacrée égoïste, n'est-ce pas ?

– Je pense qu'il est nécessaire de l'être un peu.

– Un homme à aimer, dit-elle, encouragée, un enfant que je rendrai heureux, un travail qui me plaira, ce n'est quand même pas le bout du monde!

– Peut-être que si, dis-je. Mais bouge, cherche! Il existe des boulots avec les vacances scolaires! Il existe des horaires souples. Renseigne-toi. Tu parles de liberté et depuis deux ans tu mitonnes comme petite secrétaire chez un éditeur alors que tu es licenciée d'histoire. Et si Nicolas a tellement envie d'avoir des enfants, cela veut peut-être dire qu'il est prêt à en partager la charge avec toi. »

Elle me regarde, interloquée : « Ce que tu dis, tout ça, tu le crois vraiment ? Sérieux ? »

J'incline la tête : « Sérieux. »

Elle demeure un moment perplexe : « En tout cas, ça a l'air d'aller mieux, toi, constate-t-elle.

– Avec des hauts et des bas; mais les hauts l'emporteraient plutôt.

– Tu as repris le travail avec Fabienne ? »

Je la regarde, incrédule : elle en est donc restée là ?

« Mais, c'est terminé depuis longtemps.

– Première nouvelle, dit-elle. On n'est pas tellement tenus au courant, tu sais. Alors, tu fais quoi ?

– Je me suis inscrite aujourd'hui à une formation : " Auxiliaire régulatrice ". »

Elle ouvre de grands yeux.

« Qu'est-ce que c'est que ça ?

– Un nouveau métier dépendant des hôpitaux. Imagine que ton enfant vienne de se brûler gravement, ou qu'une amie ait tenté de se suicider, n'importe quel accident, banal ou non mais qui réclame des soins d'urgence, tu pourras bientôt former un numéro de téléphone qui te reliera à une personne formée pour te diriger vers le Centre ou le médecin adéquat. Cette formation s'appelle aussi " appels de détresse ". »

La femme qui m'avait reçue à l'hôpital devait avoir mon âge. Nous avions un peu parlé. Tout ce qui m'avait paru représenter un handicap semblait se retourner en ma faveur : mes quarante-cinq ans, ma solitude, qu'elle appelait " disponibilité ", ce qui, sur mon visage, indiquait que j'avais souffert. La formation durait six mois à temps plein. Le bachot était nécessaire.

« Mais encore, interroge Mathilde.

– Bien souvent, ceux qui appellent sont en proie à la panique. Ils ont tout juste eu la force de composer le numéro et restent sans voix. Il faut trouver le mot qui apaise, sentir, deviner et, le moment venu, proposer la meilleure solution. »

Au bout de l'appareil, Julien suppliait : « Parle ! Dis quelque chose. » Il demandait : « Tu es là ? » J'étais là, la gorge plombée, et c'était comme mourir.

Le menton sur la main, captivée, ma fille sourit.

« Quand on était petits et que les amis demandaient ce que tu faisais, on répondait : " Notre mère est écouteuse. " En somme, tu vas continuer...

– Quelque chose comme ça, dis-je, avec la différence que cela s'appelle maintenant un métier. »

Les gnocchi sont terminés, la salade, les fruits. Nous nous retrouvons toutes les deux sur mon lit.

Cela a toujours été son endroit favori : celui où l'on ne peut se sentir en visite.

Elle s'étend à mon côté et fixe le plafond.

« Je ne voulais pas te parler de mes ennuis; comme si tu n'en avais pas assez, toi! Je ne comprends vraiment pas ce qui m'a pris.

– Tu as bien fait. On était en train de se perdre de vue. »

Je regarde, sur le beau couvre-lit, les chaussures de basket. Je retiens un rire : durant vingt ans j'ai répété : « Pas de chaussures sur les couvre-lits! » Tout cela pour arriver à cette soirée où je ne dirai rien; où cela me ferait presque plaisir. Beau résultat!

« Tu te rappelles, demande Mathilde en enfonçant voluptueusement la tête dans l'oreiller, quand je suis allée m'installer avec Nicolas, ce que tu m'as dit?

– Pas très bien! J'ai dû te dire un tas de choses.

– Qui toutes se ramenaient à une seule : " Marie-
« toi, fonde une famille, mon enfant, voilà
« le plus grand des bonheurs. " »

Elle a parlé avec emphase. Elle m'a imitée et, maintenant, la tête tournée vers moi, elle attend. Qu'attend-elle? Que je le lui redise? Que malgré Julien, cet oreiller où il ne posera plus la tête, malgré tout, je répète que fonder une famille est le plus grand des bonheurs?

Je ferme les yeux; quelque part en moi une inconnue un peu complice sourit : j'ai approuvé les désirs de liberté de ma fille; elle veut maintenant que, regardant mon « cours de vie », ce cours dont elle a fait partie, je ne le renie pas.

« Une famille, dis-je, oui, c'est le plus grand des bonheurs, mais tu vois, je me demande si, pour les femmes, il n'y aurait pas quelque chose de plus à trouver. »

34

Le visage au creux de son épaule, j'écoutais monter ma peine. Il ne fallait rien lui laisser voir. Je n'avais pas le droit de le retenir. Mais je m'étais habituée à sa tendresse, à l'avoir là, toujours, et je découvrais qu'il allait me manquer; je réalisais seulement qu'il avait pris place dans ma vie.

Son frère était venu pour affaires à Paris; il lui avait offert à nouveau un poste dans son entreprise à Rio : Florent serait réellement utile là-bas; il avait accepté hier.

« A cause de toi, dit-il.

– A cause de moi ?

– Oui ! Et c'était également à cause de toi que j'avais refusé avant Noël. Comment aurais-je pu te laisser alors ? Tu étais encore toute petite... tu te souviens ? Toute petite et perdue sur les chemins de traverse. »

Je m'enfonçais davantage dans son épaule, j'y creusais mon trou, ma place. S'imaginait-il que j'étais si forte à présent ? Si grande ? L'angoisse me serrait la gorge.

« Et pourquoi, maintenant, acceptes-tu à cause de moi ?

– Pour que nous prenions la même route; tout simplement. »

Le bruit de la rue s'était peu à peu calmé. Dans la cheminée, les bûches se consumaient à petit feu, à feu bleuté, à langues de feu. Florent disait que j'avais déjà rejoint la route principale; il le voyait à mille signes : une façon autre de marcher, la voix nouvelle avec laquelle, par exemple, je commandais mon café au bistrot, mon regard sur les gens; j'étais de nouveau parmi eux! Pas lui. Lui, il se tenait toujours à l'écart de leur vie, loin de leurs discussions et de leurs soucis. Et s'il poursuivait son chemin solitaire il allait me perdre de vue.

« Regarde comme la vie est faite, disait-il. Je t'ai aidée à te remettre sur pied et maintenant c'est toi qui me tires. Tu te rappelles ce que je t'avais dit un jour ? " Le plus difficile, c'est de garder la volonté de « trouver. " Je n'avais plus cette volonté : elle est revenue grâce à toi. »

Je m'en souvenais; c'était le premier jour : sa main avait saisi mon bras; il avait dit quelque chose comme : « Voulez-vous vous retrouver dans une voiture de Police-Secours » et il m'avait emmenée. Oui, la vie était drôlement faite! Comment voulez-vous croire à l'arithmétique? Vous ajoutez une faiblesse à une autre faiblesse et parfois cela fait la force!

« Tu pars quand?

– Avec mon frère, après-demain!

– Si vite... Et tu es heureux d'aller là-bas? »

Je m'efforçais de contrôler ma voix. A la fois je voulais qu'il le soit et je craignais qu'il ne réponde « oui ». S'il était heureux, il m'oublierait.

« Je suis heureux d'avoir pris la décision, et malheureux de partir. Il faudra me tenir au courant pour toi, jour après jour. »

Je désignai, sur mon bureau, la haute pile de feuillets.

« On nous a demandé, pendant toute la durée du

stage, d'écrire notre journal; je pourrai te l'envoyer... »

Un peu brusquement, il m'écarta de lui et son regard exigeait une promesse.

« Oh ! je t'en prie, ne me dis pas cela si tu n'as pas l'intention de le faire.

– Tu es le seul à qui j'oserai le montrer; d'ailleurs, j'y parle de toi. »

Alors, il m'embrassa. Un jour, j'avais eu honte de nous. J'avais pensé que nous étions ridicules. Pourtant, c'était beau et déchirant ce qui nous arrivait : se retrouver dans les bras l'un de l'autre après tout ce voyage, ces bonheurs, ces blessures, tant d'usures; beau de réunir nos rides et nos rires malgré tout. C'était ce que ne montraient pas les films, ce que ne chantaient pas les chansons. Je regardais, sur la cheminée, une photo de famille : la seule que j'y aie laissée : nous avions tiré les rois; sur la pointe des pieds, Eric me couronnait tandis que Mathilde battait des mains.

« A Rio, disait Florent, il paraît que celles qui aiment les odeurs en perdent la tête. Tu viendras les sentir. Je vais travailler comme un fou pour t'offrir le voyage. Tu veux bien ?

– Je veux bien. Tant pis pour ma réputation ! »

A « Recommencer », nous tirions des mots au hasard, nous avions trois minutes pour les commenter. « Réputation », c'était un drôle de mot, pas beau à prononcer et qui renfermait énormément de vent. Est-ce que retirer mon chandail et ma jupe nuirait à ma réputation ? Je le laissais faire pour voir. Il assurait que la lumière des flammes faisait bonne réputation à ma peau. Il murmurait : « Chez moi, j'avais une petite fille dans les bras, et voilà que ce soir c'est une femme que je tiens; cela m'intimide. Je dis n'importe quoi. »

« Timidité », c'était un mot plutôt gentil, amusant

à prononcer et qui renfermait un gros point d'interrogation sur soi-même. J'essayais, avec mes lèvres, avec mes mains, d'effacer sa timidité. Il soupirait : « Je ne pensais pas refaire jamais l'amour avec toi. »

Quelque chose se révoltait en moi : « Je ne veux pas le faire si je sais que c'est la dernière fois ! Plus jamais de plus jamais. »

Il me serrait dans ses bras : « Plus jamais de plus jamais ! tu mettras ça dans ton journal. Tu signeras dessous. Tu me l'enverras. Je l'encadrerai. »

Nous retenions le temps. Nous faisions durer le plaisir. Parfois, tandis qu'il me caressait, je m'obligeais à ouvrir les yeux. Il y avait les flammes, des génies dansant sur les murs, les yeux mi-clos de Florent, son visage changé par le désir, sur la cheminée le portrait d'une femme couronnée par son fils, et nous, maintenant !

Il ne me disait pas : « je t'aime », mais qu'il tenait beaucoup à moi. Je ne lui disait pas « je t'aime », mais que je n'avais jamais ressenti cette impression d'être acceptée vraiment, de n'avoir absolument rien à dissimuler, gommer ou contrefaire.

Il aurait fallu rajouter une bûche. Il aurait été raisonnable de fermer tout à fait les rideaux et convenable de retourner la photo. Mais la musique nous paralysait, la musique nous emportait : celle qui dans les forêts, toujours un peu trop haut, frémit au sommet des grands arbres; celle qui sur la mer, toujours un peu trop loin, court au-dessus des vagues, la musique inexprimable d'un moment de bonheur volé à l'éternité.

35

« Alors, c'est fini ! » dit Camille.

Elle s'est arrêtée et regarde, derrière la porte, le grand hall que nous venons de traverser pour la dernière fois.

« C'est fini. »

Mes yeux montent vers le troisième étage, mais les fenêtres de notre salle donnaient de l'autre côté.

« Tu sais ce que j'ai envie de faire ?

– Je crois deviner. »

Nous longeons le bâtiment, traversons un parking aux places numérotées.

« C'est celles-là », dit Camille.

Parmi les fenêtres qui couvrent la façade de l'immeuble, elle en désigne trois; sur les carreaux poussiéreux, un doigt a tracé des croix.

« Comme ça, dit-elle, on se souviendra ! »

Ce ne sont pas les croix que je regarde mais ces branches tendues vers lesquelles tant de fois mon regard s'est posé. Elles ne viennent pas, ainsi que je l'avais pensé, d'un seul arbre, mais de deux; leurs branches se touchent presque, comme les mains sur la photo; l'été, elles doivent s'unir en un même feuillage.

Camille s'approche de moi.

« On se reverra, dit-elle, n'est-ce pas ? »

Quelques jours plus tard, comme je descendais les Champs-Elysées, j'ai entendu crier mon nom. C'était Fabienne ! Elle courait vers moi, sur ses hauts talons, dans une longue jupe fleurie qu'elle avait sûrement empruntée au *Temps retrouvé.* J'avais oublié comme elle était belle, pleine, vivante. Je savais aujourd'hui qu'elle était aussi courageuse. Vraiment une réussite, Fabienne !

Elle s'est emparée de mon bras : « Lâcheuse ! Abandonneuse ! Viens ! Je t'invite à prendre un pot. »

Le temps commençait à le permettre et nous nous sommes installées à la terrasse d'un café. Avec Julien, nous dégustions ces premiers moments de douceur; il lui arrivait de venir s'asseoir là pour lire son journal; j'ouvrais grand les yeux : à toute heure du jour la foule monte et descend cette avenue. On ne peut s'empêcher de s'interroger : qui sont-ils ? vers quoi vont-ils ?

« Qu'est-ce que tu deviens ? Raconte un peu.

– La lâcheuse, l'abandonneuse va devenir " écouteuse ", ai-je plaisanté.

– Ecouteuse ? »

Je lui ai expliqué quel travail j'avais en vue. Elle semblait passionnée.

« Tout à fait un truc pour toi ! Bien mieux que le rétro ! Si un jour ça ne va pas, je t'appelle. Est-ce que je pourrai te demander personnellement ? »

Le garçon a posé les boissons devant nous : un scotch pour elle, un blanc cassis pour moi; c'était un peu la fête à cause de la soucoupe avec des amandes et des noisettes qu'il avait jointe à notre commande.

« Et ton magasin ?

– Ça marche. »

Elle ne semblait pas avoir envie d'en parler. Elle m'observait d'un air intrigué.

« Dis donc, tu ne te serais pas trouvé un bonhomme, par hasard ? »

Je n'ai pu m'empêcher de rire : « Un bonhomme? Pourquoi ?

– Dix ans de moins, ma vieille. Voilà pourquoi. Quand je pense à tout le mal que je me suis donné sans résultat ! Et aujourd'hui tu resurgis et ça y est ! Dix années d'effacées ! »

Je lui ai parlé de « Recommencer ». Un traitement de choc, par groupe de vingt-trois femmes, toute la matinée durant cinq semaines.

Elle avait l'air perplexe. Je ne suis pas certaine qu'elle m'ait crue : les recettes de beauté, c'est comme celles de cuisine, les femmes, paraît-il, n'aiment pas à les divulguer.

Elle m'a raccompagnée jusqu'à la maison. Elle avait repris mon bras. Comme nous arrivions dans mon avenue et bien que la nuit ne soit pas tout à fait là, les lampadaires se sont allumés : le temps était magiquement suspendu dans cette lumière très pâle qui répondait à la pâleur rosée du ciel et c'était émouvant comme un conte destiné aux enfants avant que ne passe le marchand de sable.

Fabienne a soupiré : « Le printemps, ça me donne toujours un coup de mouron, pas à toi ?

– Moi, ça serait plutôt l'automne. »

Nous avons ri, complices. C'était une véritable amie, Fabienne; il faudrait que je lui fasse rencontrer Camille !

Avant de me quitter, elle a demandé : « Et Julien ?

– Le jugement sera prononcé dans une semaine.

– Ça a été à toute vitesse ! a-t-elle remarqué.

– C'est comme ça, dans les divorces modernes ! »

Un jour, peut-être, arriverai-je à prononcer ce mot : « divorce », sans cette sensation de creux, sans larmes au bord des yeux.

Elle m'a embrassée : « Quand même, chapeau, ma vieille ! » J'ai dit aussi : « Chapeau ! » Elle n'a pas eu l'air de comprendre pourquoi.

Dans huit jours, un mercredi, Gilles viendra me chercher. Il posera sa main sur mon épaule tandis que nous franchirons la grille aux lances dorées. Nous monterons les trente-sept marches, nous traverserons le hall. Au cinquième étage, dans la salle d'attente, Julien nous attendra.

Nous entrerons ensemble dans le bureau du juge qui portera un tailleur léger. Elle parcourra à nouveau le dossier et nous dira quelques mots pour la forme; nous n'aurons rien à ajouter. Quand nous nous serrerons la main pour nous dire au revoir, notre mariage sera dissous. Dissous : un drôle de mot pour la fin d'une si fantastique promesse.

Mon père m'attendra à Chanterelle.

36

« Pour une belle comme toi, dit mon père, pour une qui jusqu'au bout n'a pas arrêté de gambader, une qui aime la vie, ça se passe tout seul, tu verras ! »

Les longs yeux en amande de Doucette sont posés sur ceux de son maître; on dirait qu'elle comprend. La poche d'eau s'est rompue il y a une heure. Le travail est en cours. Il paraît que depuis hier elle ne tenait plus en place; elle donnait le vertige à tourner en rond; elle avait choisi son coin.

« Tout près de la porte, pas tellement à l'abri. Je me suis longtemps demandé pourquoi celui-là plutôt qu'un autre, eh bien, j'ai trouvé ! C'est celui où je laisse tomber la veste quand je viens travailler dans la bergerie. Ça t'étonne ?

– Elle aurait sûrement préféré ta chambre, ton lit ?

– Jalouse ! »

Il est six heures. Le dos de Doucette, haletante, est appuyé sur moi. Nous sommes assis dans la paille, sur de vieux sacs, éclairés par une baladeuse suspendue à un clou. On a tendu un grillage pour séparer la « salle d'agnelage » du reste de la bergerie. A quelques mètres, les autres brebis dorment, leurs agneaux contre elles. Dix naissances depuis la semaine dernière. Une mort à déplorer. Lamourette est venu donner la main quand plusieurs mères s'y mettaient à la fois; jusqu'ici on a pu se passer de vétérinaire; touchons du bois!

« Tu n'as pas froid?

– Comment veux-tu, dans ta canadienne? »

Cela sent la paille, la chaleur, l'effort, la vie. Sur le seuil de la bergerie on voit parfois briller l'œil de Pierrot. Il se tient calme. On dirait qu'il a compris.

Les contractions se rapprochent; la respiration se fait plus pressée.

« Ça ne devrait plus tarder », dit mon père.

Sa main disparaît sous la toison. Il se lève : « On dirait même que c'est pour maintenant! »

Il retrousse jusqu'au coude la manche de sa chemise.

« Aide-moi! »

Je verse un peu d'huile sur son bras, sa main. J'étale. Il s'agenouille près de Doucette. Je ferme les yeux.

« Il m'a l'air de bien se présenter! Je sens les pattes et la tête au milieu : un beau plongeur! »

A chaque fois que Doucette pousse, je sais qu'il prend les pattes du plongeur et tire pour l'aider, sans cesser de l'encourager de la voix.

« Ça ne fait pas de bien! dit-il. C'est même plutôt un sale moment à passer, mais c'est la vie. Tu ne pensais quand même pas dormir ou mâchonner de l'herbe durant toute l'existence? Et l'herbe, tu verras si tu vas l'apprécier maintenant! »

La respiration de la brebis emplit toute la bergerie. Cela dure un siècle. Et soudain le rire de mon père.

« Regarde! »

Entre les deux pattes, la tête apparaît. Je referme vite les yeux : c'est trop! Trop la vie!

« Un beau petit mâle, madame! »

Et tout de suite, du tas glaireux couché dans la

paille, s'échappe un bêlement adorable. Doucette s'est penchée sur l'agneau; à coups de langue, très vite, comme s'il y avait hâte, elle le nettoie. Mon père regarde, admiratif.

« Maintenant, entre cent autres, elle saura reconnaître son agneau. Elle est en train de l'apprendre par cœur. Elle ne nourrira que celui-là ! »

Et celui-là, voilà qu'il cherche les mamelles, les yeux fermés, avec une sorte de brusquerie du museau, de revendication. C'est son dû ! Et voilà qu'il tire.

« Je ne lui donne pas une heure pour être sur ses pieds ! »

Nous nous remettons sur les nôtres. Non sans peine. Près de l'heureuse mère, mon père pose le tourteau de soja dont elle est très friande. Puis il savonne son bras. Aucun geste n'est fait dans la hâte. Chacun a sa valeur : savonner la main qui a aidé l'agneau à naître, cela compte : un trait tiré bien net au bas de la naissance.

Dehors, il fait très frais. De vrais calorifères, ces brebis ! Pierrot s'étire avec un gémissement de bien-être. Là-bas, cette bande plus claire au-dessus du bois, c'est le jour qui se lève.

« Pourquoi les naissances ont-elles surtout lieu à l'aube ?

– C'est vous qui l'attendez, explique mon père. La nuit, ça ne va pas tellement avec la vie. Les mourants, ils essaient de tenir jusqu'au jour; et ça leur donne souvent droit à quelques heures de plus.

– Si on marchait un peu ? »

Il glisse son bras sous le mien. Je dis : « Enfin, tu te rappelles que tu as une fille ! » Nous traversons la prairie.

« Tu viendras voir quand on y lâchera les agneaux ?

– Bien sûr ! »

D'abord, ils hésitent. Ils refusent de quitter la bergerie; mais nous sommes là pour les obliger à y aller. Ils cherchent leurs mères qui n'en ont cure, toutes occupées à se repaître d'herbe nouvelle. Aux bêlements profonds et drôles des adultes, répondent ceux, fragiles, des agneaux. On ne s'entend plus. On a envie de rire. Puis l'un se lance et peu à peu les autres suivent. Avant la fin du jour, ils ont tous goûté à la liberté.

Au passage, nous nous arrêtons pour admirer le potager. Ses oignons et ses échalotes, mon père les a plantés il y a une quinzaine; il m'a laissé les radis : ces petits rouges que j'étends sur des tartines beurrées. Il faudra aussi s'occuper des rosiers, couper la part que nous avions laissée au gel : au-dessus du troisième œil.

« Déjà ? Il me semble que c'est hier que nous les avons taillés ! »

Nous descendons vers la rivière qui n'a pas de nom. C'est hier aussi que j'allais l'écouter, juchée sur les épaules de mon père. Le pied enfonce : le fumier mêlé de paille a été répandu récemment; à présent, il faut souhaiter la pluie qui l'aidera à se fondre dans la terre.

Pierrot galope devant, tout sommeil enfui, se retournant sans cesse pour voir si nous le suivons. Sept heures ! Quelle heure est-il à Rio ? Bonne journée, Florent !

Nous voici près de l'arbre où la hulotte s'est pendue. Nous l'avons enterrée ici; on ne le devinerait jamais ! Mais si, à l'automne, je mange une pomme de ce pommier, elle aura pour moi un petit goût d'oiseau.

« Dis donc, proteste mon père. Jusqu'où tu vas nous mener comme ça ? Un café, qu'est-ce que tu en dirais ?

— Beaucoup de bien ! On rentre ! »

Mais avant de faire demi-tour, tant pis pour le ridicule : une seconde, mes lèvres sur ce tronc.

Le terrain monte jusqu'à la maison éclairée par la lampe tempête suspendue au-dessus de la porte. Mon père souffle un peu; je ralentis le pas. Mon Dieu, que la première lumière de l'aube, celle à laquelle se font les naissances, peut être cruelle sur un visage ! Et la barbe n'arrange rien.

« Tu te souviens ? » dit-il.

De tout ! Comme tu étais grand et puissant ! Comme je t'admirais : un rempart autour de moi. J'enserrais tes jambes de mes bras; je disais : « tu es mon prisonnier ». C'était ma façon de me sentir la tienne !

Mon épaule arrive à hauteur de son épaule.

« Dans le stage que j'ai suivi, on nous a demandé d'écrire notre journal. J'y ai parlé de toi. »

Il a un geste circulaire. « Tu ferais mieux de parler de tout ça. Ça reviendrait au même : en plus intéressant. »

Nous voici devant la maison où Pierrot est déjà entré.

« Pour ce terrain, dis-je, ce terrain que tu pensais vendre au père Fleutry, rien ne presse, tu sais. Je vais bientôt gagner ma vie. Avec ce que Julien me donne, je serai plutôt au large. »

Il range ses bottes l'une contre l'autre le long du mur, se retourne sans hâte vers moi.

« Pendant que je ranime le feu, tu pourrais préparer le café. J'ai pris le pain chez Dutilleux. Hier, il était un rien trop frais; ce matin, il doit être juste bon à couper. »

Après avoir rangé mes bottes auprès des siennes, je regarde encore une fois le plus loin possible devant moi. La rosée est répandue en gaze sur l'herbe, la rivière se devine à un trait de brume. La forêt clôt tout ça. Ça y est pour le jour et pour les oiseaux.

Je ferme les yeux et inspire longuement. La fraîcheur de l'air est piquante, presque douloureuse. C'est alors que monte en moi, inattendue, inexplicable, cette bouffée exaltante qui m'envahissait si souvent, adolescente, à l'idée de la vie ouverte devant moi.

« Et ce café ? » appelle mon père.

Je le rejoins dans la cuisine.

Dans quelques semaines, nous ferons des beignets d'acacia. On trouve des acacias partout, même à Paris. Les plus beaux sont le long de la Seine, sur l'allée des Cygnes, entre le port de Passy et celui de Grenelle. Vous cueillez quelques grappes de ces fleurs blanches et jaunes au fin pistil. Vous faites une pâte à frire bien lisse et, c'est là le secret, y mêlez deux blancs d'œufs montés en neige. Vous y plongez la grappe que vous jetez ensuite dans la friture. Vous arrosez de sucre en poudre.

Les beignets d'acacia se mangent avec les doigts en tenant la queue que l'on n'a pas enrobée de pâte. Les médecins d'autrefois assuraient que cette fleur faisait voir la vie avec plus de sérénité. Un beau mot : sérénité ! Avec, je vous recommande du cidre ; surtout s'il vient de vos pommiers et que, comme il se doit, vous avez attendu pour y goûter que le coucou ait chanté trois fois.

TABLE

ŒUVRES DE JANINE BOISSARD

L'ESPRIT DE FAMILLE

Tome I : L'ESPRIT DE FAMILLE, 1977.
Tome II : L'AVENIR DE BERNADETTE, 1978.
Tome III : CLAIRE ET LE BONHEUR, 1979.
Tome IV : MOI, PAULINE, 1981.
RENDEZ-VOUS AVEC MON FILS.

« Composition réalisée en ordinateur par IOTA »

IMPRIMÉ EN FRANCE PAR BRODARD ET TAUPIN
7, bd Romain-Rolland - Montrouge - Usine de La Flèche.
LIBRAIRIE GÉNÉRALE FRANÇAISE - 14, rue de l'Ancienne-Comédie - Paris.

ISBN : 2 - 253 - 02734 - 0 30/5544/9